AF166875

Friedrich Hermann Kanowski

Eine jungfräuliche Frau

Liebesdrame in vier Akten

Friedrich Hermann Kanowski

Eine jungfräuliche Frau
Liebesdrame in vier Akten

ISBN/EAN: 9783743459991

Hergestellt in Europa, USA, Kanada, Australien, Japan

Cover: Foto ©Andreas Hilbeck / pixelio.de

Manufactured and distributed by brebook publishing software
(www.brebook.com)

Friedrich Hermann Kanowski

Eine jungfräuliche Frau

Eine

jungfräuliche Frau.

Liebesdrama

in vier Acten

F. Hermann Kanowski.

Preis 1 fl. 80 kr. ö. W. = 3 Mark.

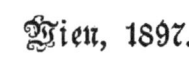

Wien, 1897.

Verlag von Dr. H. F. Eirich, VII. Neustiftgasse 5.

Druck von A. Reißer, Wien, I. Krugerstraße 18.

Den Bühnen gegenüber als Manuscript gedruckt.

Das Aufführungs- und Uebersetzungsrecht für alle Sprachen ist
von Dr. S. F. Sirich, Hof- und Gerichtsadvokat in Wien,
VII. Neustiftgasse Nr. 5, zu erwerben.

Nachdruck verboten.

Der Verfasser.

Vorwort.

Das in Paris spielende Drama beleuchtet eine Seite des gesellschaftlichen Lebens, welche gewöhnlich wie ein blumenbewachsener Felsenabgrund dem Auge verdunkelt bleibt. Und doch ist es nöthig, daß der Spiegel zu jener Tiefe einmal hinabsteigt. Die Fabel dieses Stückes ist scharf und einschneidend, die Zeichnung der Charaktere ohne Schminke ausgeführt, die Exposition von der bisher gebräuch= lichen Form abweichend. — Das Werk soll jenen Theil der Lebewelt treffen, der wie Victor Harcourt geartet ist: der durch seinen Reichthum verroht, kein Mitleid und kein Erbarmen kennt, wo es gilt, seine zügellosen Gelüste zu befriedigen. Wie viele jener Männer leben, die nicht wissen, ob ihren zahlreichen sogenannten pikanten Verhältnissen Nachkommen entsprossen — und wie manch' ein vornehmer ehrloser Wicht weist in einem unglücklichen Mädchen oft unbewußt sein eigenes Kind von der Thür seines Hauses. — In Victor Harcourt ist dieser schwelgerische Wollüstling gezeichnet. In Isabella dagegen, die sich ihres Ehebandes vollständig frei betrachtet, verkörpert sich die reine, heilige Liebe, die in ihrer Urplötzlichkeit, Gluth und Wahrheit und in der Sehnsucht nach dem Besitze des geliebten Mannes die engen Schranken der oft scheinheiligen Moral überspringt, ohne dabei an Sinneslust zu denken. Eine derartige wild= leidenschaftliche Natur, französisch=italienischen Blutes, die rascher empfindet als ein sittsam=langweiliges Weib, nimmt

1*

den Kampf um die Erreichung ihres Zieles mit allen
Mitteln auf: Sie bittet und droht, sie bettelt und fleht um
Gegenliebe; und wenn Alles nichts hilft, wenn der Geliebte
ihr unerreichbar erscheint, greift sie entweder zu Gift und
Dolch oder sie wirbt mit der Macht ihrer Schönheit,
unbewußt, wie ein Schmetterling die Pracht seiner Flügel
entfaltet und dadurch das gaukelnde Weibchen auf die
duftende Rosenblüthe zu bannen sucht. — Wer die Allgewalt
der ersten wahren Liebe und brennenden Sehnsucht, deren
Kern der große unergründliche Weltengeist in jedes gute
Menschenherz gepflanzt, je empfunden — jene berauschend
märchenhaft süße Liebe, die von Gott kommt, die das
Allerheiligste auf Erden ist, die keinen Maßstab duldet,
für keine ihrer Handlungen irdischen Gesetzen gegenüber ver=
antwortlich gemacht werden kann, wird der Heldin dieses
Dramas bei der Parforcejagd um ihr Erdenglück niedrige
Begierden nicht beimessen. Und das große feinfühlende
Publicum, namentlich die edle Frauenwelt, steht ja hoch
erhaben über der verstaubten Philisterhaftigkeit der unfreien
und pedantischen Moralisten, die mit ihren ausgedorrten
Empfindungen jeden gewaltigen Naturlaut einer über=
vollen Menschenbrust in ängstlicher Griesgrämigkeit von
sich weisen.

Die anständige Bühne ist eine Kirche — und dem
Reinen ist Alles rein.

Der Verfasser.

Personen:

Victor Harcourt, Banquier und Millionär.

Isabella geb. Gräfin Ganganelli, dessen junge Frau.

Raimund Marsan.

Hortense Renier, dessen Braut.

Blanche, Kammerzofe.

Adrian, Kammerdiener.

Lola Barton, Kunstreiterin.

Minard, Justizrath und Notar.

Dognon, Polizeilieutenant.

Colleville, Staatsanwalt.

Dr. Fournier, Irrenanstalts=Director.

Ein Officier,
Ein junger Geiger, } Wahnsinnige.
Eine Opernsängerin,

Ein Wärter des Kirchhofs Montmartre.

Ein Gefängnißwärter.

(Staatsanwaltsecretär. Polizisten. Die Wahnsinnigen in der Irrenanstalt. Irrenhauswärter. Barmherzige Schwestern.)

Ort der Handlung: Paris.
Zeit: Die Gegenwart.

Der erste Act spielt im Privatcabinet des Millionärs Harcourt.
Der zweite Act spielt im Schlafzimmer seiner jungen Frau.
Der dritte Act spielt auf dem Kirchhof Montmartre.
Der vierte Act spielt im Irrenhause.

Zwischen dem zweiten und dritten Act liegt ein Zeitraum von drei Wochen.

Zwischen dem dritten und vierten Act liegt ein Zeitraum von einer Woche.

Die drei Wahnsinnigen: Officier, Geiger und Opern= sängerin sind handelnde Personen.

Links und rechts vom Zuschauer.

Erster Aufzug.

Privatcabinet des Banquiers Victor Harcourt.

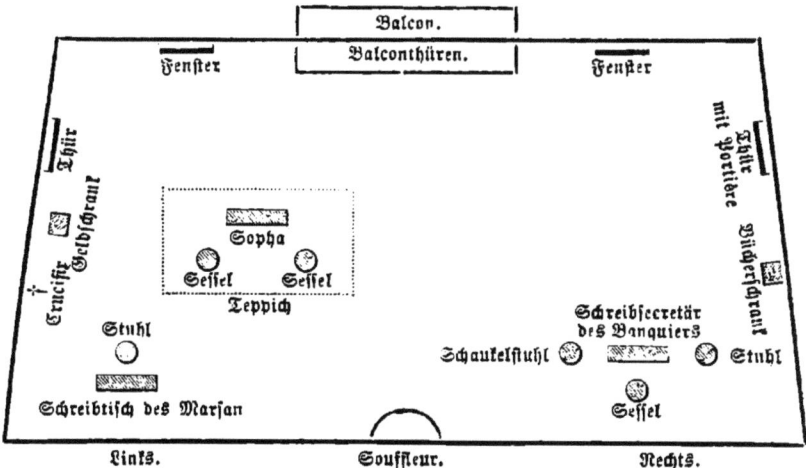

(Privatcabinet des Banquiers Victor Harcourt; vornehm ausgestattetes Zimmer. Im Hintergrunde eine Balconthür, Perspective: Garten, Gartenhaus, Berge und ein Strom; rechts und links zwei Fenster. Links Thür mit Portière, ein eiserner Geldschrank. Daneben ein Schreibtisch mit Büchern. Rechts ein Schreibsecretär, Bücherschrank, Sopha, Sessel. Ein Crucifix links.)

Erster Auftritt.

Adrian. Blanche.

Adrian (im Schlafrock, Mütze und Pantoffeln seines Herrn, eine lange Pfeife rauchend). Leider — leider — leider: „ich bin nicht zur Herrlichkeit geboren". Aber seitdem mein gnädiger Herr auf der Hochzeitsreise in Italien weilt, habe ich jeden Morgen auf dieser Stelle mit vollendeter Grazie meine Chocolade eingenommen und die Zeitung gelesen. (Nimmt eine Zeitung und wiegt sich im Schaukelstuhle.) Im

Schlafrock meines Herrn fühlte ich mich stets als Millionär — und jetzt? Ach — heute kommt der alte Banquier nach Hause und ich falle in meine obscure Kammerdienerwürde zurück.

Blanche (rasch eintretend, mit Federbesen und Staubtuch). Aber Adrian — da sitzest Du nun wieder wie ein bulgarischer Stabsofficier und studierst die hohe Politik und denkst nicht daran, daß die gnädige Herrschaft jeden Augenblick vorfahren kann! Hier ist der Staublappen — und dort oben baumelt ein Spinngewebe — putze es herunter!

Adrian (in seiner bequemen Lage). Glaubst Du, daß ein Kammerdiener nur dazu geboren ist, Spinngewebe abzufegen und der gnädigen Herrschaft aufzuspringen, wenn sie pfeift? Sternsacrament, ich habe auch meinen Kastengeist!

Blanche. Laß' nur Deinen Geist im Kasten und hilf mir das Zimmer ordnen!

Adrian. Ich — Zimmer ordnen? Blanche, ich sage Dir, weder die Herrschaften, noch die naseweisen Kammerzofen können einen Kammerdiener standesgemäß behandeln.

Blanche. So? Mich behandeln alle Leute standesgemäß; z. B. unser Herr Cassier, der mich noch gestern in die Wange kniff und mir sagte, daß ich ein so furchtbar hübsches, niedliches, appetitliches Kammerkätzchen bin, so recht zum Anbeißen eingerichtet.

Adrian (Blanche von der Seite anschauend). Hm! Hm! H—m!!

Blanche. Nun, was hast Du dabei zu Hm=hm=en?!

Adrian. Höre, alle Weiber sind in unsern Herrn Cassier verliebt. Er ist freilich der beste Mensch unter der Sonne und auch fast so hübsch wie — ich. — Aber, daß er dich „appetitlich, so recht zum Fressen eingerichtet" findet, dafür ist er in meiner Achtung meertief gesunken!

Blanche. Ach nein; so etwas hören wir Mädchen nur zu gerne.

Adrian. Freilich, wie jede andere Dummheit.

Blanche: Dann sagte der Herr Cassier noch, daß er eine Braut hat.

Adrian. Braut? O weh, dann ist er ein unglücklicher Mensch.

Blanche. Wieso? Seine Braut soll sehr schön — und erst 18 Jahre alt sein.

Adrian. Desto schlimmer; dann ist er ganz verloren.

Blanche. Aber warum denn, Du Dummkopf?!

Adrian. Nun, wenn der Herr Cassier eine Braut hat, so will ihn die doch einmal heiraten, sie will Kinder kriegen und — und —

Blanche. Ist denn das was Schlimmes?

Adrian. Heiraten? Kinder kriegen? — Mädel, ich kann mir gar nichts Schlimmeres denken.

Blanche (weinerlich). Ach, Adrian, so solltest Du nicht reden. Du hast mir doch auch einmal versprochen, mich zu hei — hei — hei —

Adrian. Dich zu hei — hei — heiraten? Davon weiß ich nichts mehr. Puh! Erfrische nicht die alten Tage! Glaubst Du, ein Kammerdiener ist nur dazu geboren, um die Kammerzofen zu hei — hei — heiraten? Zurück, Sirene mit dem Federbusch!

Blanche (bei Seite). Ach, das Studium der hohen Politik hat ihn cölibatisch gemacht. (Laut.) Du bist ein schlechter Mensch, ein Ungeheuer, ein Bösewicht, ein (weint) Huhuuu — u!

Adrian. Das haben mir andere Mädchen schon hundert= mal gesagt und ich habe sie nicht geheiratet

Blanche. Du bist ein Treuloser — ein Belzebub — ein — Huhuuu — — — u!

Adrian. Längst bekannte Schmeicheleien. Das haben mir andere Mädchen schon schriftlich gegeben.

Blanche (weich, zärtlich). Willst Du denn niemals heiraten, Adrian?

Adrian. Ich kann mir gar nichts Schlimmeres denken!

Blanche (ihm an die Brust sinkend). Ach, dann laß' mich in Deinen Armen sterben!

Adrian. Ja, das glaub' ich! Schon manch' ein Mädchen wollte in meinen Armen sterben und ich habe es nicht geheiratet. Erwache, Selbstmörderin!

Blanche (jammernd). Nun erweckt er mich auch noch von den Todten!

Adrian. Das Mädel ist doch rein besessen. Laß' für heute das Sterben und das Heiraten nur sein und passe auf, wenn die gnädige Herrschaft kommt.

Blanche (zum Fenster eilend). Es ist noch nichts zu sehen. Diese rasche Heirat unseres gnädigen Herrn kann aber nimmer gut thun. Meinst Du das nicht auch, Adrian?

Adrian. Ob ich das meine! Ich ahne sogar ein Unglück. Unser Herr ist nun 58 Jahre alt. Seine junge Frau ist gleichzeitig seine Nichte, die Tochter seiner verstorbenen Schwester, die einen italienischen Grafen zum Manne hatte. Das junge Weibchen ist vierzig Jahre jünger als unser gnädiger Herr. Soll das wohl gut thun? Seine alten Liebschaften bestehen noch fort. Gestern Abend fragte die schöne Kunstreiterin aus dem Circus wiederholt nach ihm. Trotzdem ich ein treuer Kammerdiener bin und meinem Herrn nichts Böses nachsagen darf, aber den Galgen hat er schon dreimal verdient!

Blanche. Ja, ich weiß, ich weiß. — Meine Mutter hat mir viel erzählt.

Adrian. Merkst Du nun, wo ich hinaus will? (Heimlich, sich umschauend.) Blanche, ich sage Dir, der Banquier Harcourt ist so schlecht, daß er nicht den Sonnenschein verdient. Vor ungefähr dreißig Jahren hat er die Tochter von dem Professor Cochefort — dort kannst Du das Eckhaus sehen — unglücklich gemacht. Sie ist in die Seine gegangen; doch die Schande wurde damit nicht abgewaschen, auch nicht durch das viele Geld, das er später den Eltern anbot. Man munkelt, daß der Knabe unter fremdem Namen leben soll. Und vor etwa neunzehn Jahren? Da war es dieselbe Geschichte mit der Kaufmannstochter da drüben aus der Nebenstraße. Sie war ein wunderschönes Mädchen. Der Banquier verstand es, ihren Vater und sie in sein Haus zu schmeicheln. Mit dem alten Kaufmann spielte er Karten und mit der Tochter malte er Bilder; er zeichnete sie in allen Gesellschaften aus und alle Welt glaubte, daß die Verlobung nicht ausbleiben könnte. Da, eines schönen Morgens sind sie beide fort, nach London. Nach drei Monaten kam der gnädige Herr allein zurück. Er erzählte, die junge Dame wäre mit einem englischen Officier davongegangen.

Blanche. Das ist nicht wahr. Meine Mutter sagte, daß das betrogene Fräulein ihr kleines Kind, das sie in London geboren, ihren Eltern geschickt und sich selbst aus Verzweiflung vergiftet hat. Ach, dieser schlechte Mensch!

Adrian. Ja, das waren erst zwei. Fast jedes Jahr hat er ein anderes Mädchen in Schande gebracht. Das Schauerlichste war vor ungefähr drei Jahren. Da bekamen wir einen neuen Buchhalter in's Geschäft. Der alte Mann hatte auf der ganzen Welt nichts, als eine einzige schöne Tochter. Wie lange dauerte das, da hatte der gnädige Herr durch großartige Geschenke und die heiligsten Schwüre das unerfahrene Wesen bethört. Der alte Buchhalter verstieß seinen Abgott, als er sah, daß ihm ein meineidiger Schurke den Kranz der Unschuld aus den Locken gerissen. — Das Mädchen starb bei der Niederkunft mit seinem Würmchen elendiglich Nachts auf freiem Felde — und der alte Vater sitzt ob jener Schreckensnacht noch heute im Irrenhause.

Blanche. Ach, das ist zu schrecklich. Wenn mein Dienstjahr um ist, gehe ich, wohin mich Hände und Füße tragen.

Adrian (unterdrückt, heftig). Was ich Dir sagte, ist nun einmal unbarmherzige, blutige Wahrheit. Eine gewisse Sorte von feinen Leuten nennt es unmoralisch, wenn man von solchen Sachen spricht; die wollen Alles, was in ihren Kreisen passirt, mit einem weißen Mäntelchen bedecken; denn so etwas, sagen sie, darf nur von dem gewöhnlichen Volke, von dem Proletarier in die Oeffentlichkeit gebracht werden. Diese feinen Leute aus dem oberen zweiten Zehntausend haben ein großes Talent, ihre schmutzigen Liebessünden in Sommerfrischen zu verbergen, wo der Bürgermeister die echten und die falschen Eheleute nicht unterscheiden kann. Aber manchmal wird der Vorhang, hinter welchem sich dies uralte Laster gewisser Lebemänner verbirgt, von rascher Hand zurückgezogen — und was man dann zu schauen bekommt, ist Elend, Verzweiflung und Verderben. Doch mit bezahlten Fäusten reißt dann jene gefühllose Menschenclasse den schützenden Vorhang wieder herunter: sie stopft die Mäuler der Wissenden mit Silber und Gold; denn von den Folgen seiner moralischen Verbrechen, die das Gesetz, ich möchte sagen: protegirend, straflos läßt, will ein derartiger Lebemann nichts wissen; es ist ihm gleichgiltig, ob sein bethörtes Opfer in den Gassen des Elends zugrundegeht, wenn nur nichts aufkommt. Der Reichthum in unwürdigen Händen treibt die Tugend der Armuth zur Sünde und von den verzweifelten Thaten der Noth nährt sich unsere Justiz

Blanche. Ach, unser Herr ist ein Teufel. (Verbirgt schaudernd ihr Gesicht.)

Adrian. Ja, mit Gold deckt er eben Alles zu. Was kommt es ihm auf zehn= bis hunderttausend Francs an, wenn er ein junges Mädchen begehrlich findet. Er kriegt das arme Ding und wenn es sich in die Erde versteckt. Er ist zehnfacher Millionär und das sagt genug. O, der elende Kerl, ich könnte ihn mit meinen Händen erwürgen!

Blanche. Die arme, arme junge Frau.

Adrian. Die ist zu beklagen. Wie ich von dem Bureau= diener unseres Anwaltes hörte, soll der gnädige Herr seiner jungen Frau am Hochzeitstage den dritten Theil seines Ver= mögens haben auszahlen müssen, sonst hätte ihr Vormund seine Einwilligung nicht gegeben.

Blanche. Wäre es nicht gut, Adrian, wenn wir der jungen Frau dies alles sagten?

Adrian. Der Himmel bewahr'; das gäbe noch heute ein Unglück. Die italienischen Frauen, wenn Sie betrogen werden, denken nicht so fromm, wie manche unserer Frauen. Wie Du mir, so ich Dir, sprechen in Italien die Weiber. Wenn man für seine Feinde nur betet, davon hat man nichts; dann gäbe es ja keinen Krieg, keine Soldaten, keinen — —

Blanche. Aber in der Bibel steht doch: „Liebet Eure Feinde, segnet, die Euch fluchen, hassen und verfolgen!" Und die Bibel ist doch von Gott gemacht, sagt der Herr Pfarrer.

Adrian. Das sprichst Du in Deiner Dummheit so nach. Ein Staatsmann liest gewöhnlich die Bibel nicht, er segnet auch die nicht, die ihn fluchen, hassen und verfolgen; er liebt nicht seine Feinde, er haut und schießt einfach d'rauf los. Wenn er was erobern kann, so nimmt er es so rasch wie möglich — und das nennt er dann „Politik".

Blanche. Gehen die Staatsmänner nicht in die Kirche?

Adrian. Freilich, freilich. Aber bisher hat es noch keiner erklären können, wie die Bibel und die Politik zusammen stimmen.

Blanche. Dann werden's auch schöne Dummköpfe sein!

Adrian (hält ihr den Mund zu). Pst! — Wenn Dich das Auge des Gesetzes hörte, würden Deine Gedanken confis=

cirt. Ja — und die italienischen Frauen nennen es darum auch „Liebespolitik", wenn sie einen treulosen Mann durch Gift oder Dolch in's Jenseits befördern.

Blanche. Achtung! Wer fährt da vor?! (Zum Fenster eilend.) Himmel, da hält ein Hotelwagen! Die gnädige Herr= schaft steigt aus. Adrian, rasch, rasch — ich laufe hinunter!

Adrian (am Fenster, langsam den Schlafrock ausziehend und ihn mit der Mütze und der langen Pfeife auf dem Arme behaltend). Es ist der gnädige Herr, so jugendlich gekleidet wie ein Dreißigjähriger. Und da ist auch die junge Frau — — — (Bewundernd, ernst, langsam.) Ach — das ist eine Schönheit! Armes Weib, in diesem Hause erwartet Dich nur ein goldener Käfig. (Er ordnet schweigend noch einige Stühle, blickt sich im Zimmer um, ob nichts fehlt, und geht dann bedächtig ab.)

Zweiter Auftritt.

Harcourt. Isabella. Adrian. Blanche.

(Harcourt mit Isabella Arm in Arm eintretend. Beide sind in voller, dunkler Reisetoilette; Isabella schwarz von Haaren. Ihr Antlitz ist etwas blaß. Sie bewegt sich mit ruhiger Würde, stolz, spricht mäßig langsam, aber nachdrücklich und vermeidet, wo es irgend angeht, ihren Gatten anzuschauen. Bei directer Ansprache an ihren Gatten drücken ihre Züge unter Verachtung einen keimenden Haß aus. Harcourt ist ebenfalls dunkel gekleidet, elegant und vornehm, wie es sein Reichthum gebietet. Er trägt einen graumelirten Schnurr= und Knebel= bart und ebensolches volles Haar. Seine Manieren sind die des routinirten Pariser Lebemannes. Er schaut zehn Jahre jünger aus, als er ist, und sucht indirect durch seine Person auf Isabella Ein= druck zu machen. Adrian und Blanche bringen das Gepäck herbei.)

Harcourt. So, meine liebe Frau: Endlich sind wir daheim. Ich habe Dir mein Haus schon vollkommen be= schrieben. (Er hilft ihr den Mantel ausziehen.) Dies ist mein Privatcabinet, das stillste Zimmer in der ganzen Villa. Auf ein paar Tage wollen wir unser Nestchen hier einrichten, bis Du Deine Appartements nach Deinem Geschmack ge= ordnet hast. Lege ab und erhole Dich einen Augenblick. (Zu Adrian.) Nun, Adrian, wie ist es so lange gegangen? (Blanche ist Isabella behilflich.)

Adrian. Ganz ausgezeichnet, gnädiger Herr. Als Sie vor einem Jahre fortreisten, habe ich jeden Morgen dies

Zimmer stets so gereinigt und geputzt, als wenn Sie selbst dagewesen wären.

Harcourt (wohlwollend). Schon gut, Adrian. Für Dein treues Haushalten sollst Du auch ein Geschenk haben. Hier diese Uhr wird Dir wohl angenehm sein? Und Du, Blanche, nimm dieses goldene Kreuz.

Adrian und **Blanche.** Tausend Dank, gnädiger Herr.

Harcourt. Es freut mich, wenn ich Euren Geschmack getroffen. (Zu Jsabella.) Gestatte, liebe Frau: Dies ist Deine Kammerzofe Blanche und der da ist mein Kammerdiener Adrian.

Blanche und **Adrian** (küssen Jsabella die Hand). Gnädige Frau — —

Jsabella (zu Blanche). Es ist gut, Blanche — Adrian. (Sie setzt sich.)

Harcourt (zu Adrian). Jetzt gehe und bringe meine Sachen hinauf.

Adrian. Sofort, gnädiger Herr. Aber soll ich den Schreibtisch des Herrn Cassiers von hier nicht wieder in's Comptoir tragen?

Harcourt. Nein. Herr Marjan wird vorläufig einige Tage in diesem Zimmer arbeiten.

Adrian. Wie der gnädige Herr befehlen. (Blanche die Uhr zeigend, freudig ab.)

Harcourt (zu Jsabella). Wünschest Du ein Glas Wein, mein Kind?

Jsabella (ihn nicht anschauend, müde, kalt). Nein — nur Ruhe. (An Harcourt vorbeischauend.) Blanche — bereite mein Schlafzimmer. Vorerst gehe in den Garten und hole mir einen Blumenstrauß. (Zu Harcourt, als wenn sie es zum hundertsten Male wiederholt, unterdrückt, mit einem Seitenblick auf Blanche, ruhig, langsam.) Ich will fortab allein sein, mein Herr Gemahl, ganz allein — ewig allein! Habe die Güte, mich zu verlassen! (Zu Blanche.) Hole mir die Blumen, Blanche!

Blanche. Gerne, gnädige Frau, die schönsten, die im Garten blühen. (Ab.)

Harcourt (verletzt, geärgert, einen Schritt auf Jsabella zutretend). Vor Allem bitte ich Dich, Jsabella, in Gegenwart

meiner Dienstboten und im Beisein anderer Menschen nicht
zu vergessen, daß Du meine Gattin und als solche ver=
pflichtet bist, mir Liebe und Aufmerksamkeit wenigstens zu
zeigen oder zu heucheln. Daß ich auf Dein Herz und auf
Deine Gattenpflicht keinen Anspruch machen darf, braucht die
Welt nicht zu wissen. Selbst die geringe verwandtschaftliche
Neigung, die Du als Kind zu mir hegtest, ist verschwunden.
Sei es, wie es sei. Du bist nun Herrin in diesem Hause;
schalte und walte, wie es Dir beliebt. Meine Geschäfte sind
zeitraubend, deshalb kann ich wenig bei Dir sein. Mache Dir
Zerstreuungen so viel Du willst, ich werde Dir jedes Vergnügen
gestatten, mich überhaupt nicht kümmern, was Du thust.
Unsere große Stadt hat viele Klatschzungen — man wird Dir
Manches aus meiner Vergangenheit erzählen. Ob Du es
glaubst oder nicht, ist mir gleichgiltig. Ein zehnfacher Millionär
darf sich manch' ein Vergnügen gestatten, das den anderen
Sterblichen einfach unerreichbar ist. Mein Cassier Raimund
Marsan ist ein treuer und höchst zuverlässiger Mensch. Ich
habe ihn vor fünfzehn Jahren als fünfzehnjährigen Buben
in mein Haus genommen. Er verdankt mir seine gute Existenz.
Vor zwei Jahren begleitete er mich auf einer Geschäftsreise
nach Italien. Wir waren auch in Deiner Vaterstadt Neapel.
Brauchst Du irgend einen Rath, so wende Dich an Raimund
Marsan; er vertritt meine Stelle ganz und gar. (Die Uhr
ziehend.) Doch es ist Zeit, daß ich die Toilette wechsle und
zur Börse eile. Bitte (sie an der Hand berührend) — — auf
Wiedersehen! (An der Thür, fast drohend:) Vergesse nie, daß
Du mir Treue schuldest! — Adieu! — — Pardon — ist
Dir unwohl? (Er kehrt zurück.)

Isabella (langsam und unglücklich ihr gebeugtes Haupt
emporhebend, seine Frage mit einer Handbewegung abwehrend).
„Vergesse nie, daß Du mir Treue schuldest!" Nein, mein
Gatte, ich werde nie vergessen, daß ich Dir am heiligen
Altar ewige Treue lügen mußte, ich werde nicht vergessen,
daß ich vor der Welt Dein Weib bin. Doch mehr ver=
lange nicht. Ich habe dem Willen meines Vormundes und
Deinen erbarmungslosen Drohungen, ihn finanziell zu
ruiniren, Gehorsam entgegengebracht, ich habe meine goldene
Jugend an einen dürren Baum gekettet, den süßen Träumen
des Mädchens entsagt — das Herz gepreßt, wenn es nach

Glück, nur nach ein wenig Liebe schrie. Du thörichtes
Herz, was nützt dir nun dein Jammern? Die heißen
Gebete, die du nächtlich zum Firmamente sandtest, die erhörte
der Allmächtige nicht. — Vorbei, Alles vorbei. — Wie
eine sturmgefegte, regengepeitschte Haide sehe ich meine Zukunft
vor mir liegen — düstere Wolken jagen am Himmel — kein
Stern lichtet das Dunkel — wohin ich auch blicke: ewige,
schauerliche Nacht. — — (Sie erhebt sich, schreitet zu dem
Crucifix, kniet nieder, verzweifelten Tones). Was habe ich gethan,
Du Allmächtiger da oben, daß Du mich schon so jung
namenlos unglücklich machst? Ist denn ein Frauenherz für
Dich nur ein Spielball Deiner Laune? — Ich grolle Dir,
Gott! — Ich fordere mit dem Rechte der Unschuldigen:
Gieb mir zurück das Jugendglück, das Du mir genommen —
gieb mir die Freiheit. Mache einen Unterschied, Gott, in der
Vertheilung des Glückes, verweigere nicht dem das Glück,
der es verdient. — Warum, Du Allmächtiger, hast Du die
Liebe in das Menschenherz gesenkt, wenn das Herz die
Liebe nicht frei geben, nicht frei empfangen soll? Warum
kettest Du zwei Menschen zusammen, die durch vierzig Lebens=
jahre getrennt, andere Anschauungen und andere Charaktere
besitzen? Gott, verlange nicht Dank von mir, daß Du mir
Gold statt Liebe gabst. Nimm zurück das kalte Metall — mir
tödtet's das Leben. (Sich erhebend, ihres Gatten Gegenwart
ganz vergessend, erinnerungs=sehnsüchtig, fast bebend, leise.).
Liebe verlange ich, maßlose, ewige Liebe — und Liebe
will auch ich geben (begeistert) mit jedem Athemzuge dem
Manne, den ich mag. — O, Du herrlichster Traum meines
Lebens, komme doch nur noch einmal zurück. Laß' mich
noch einmal das heißgeliebte Männerantlitz schauen, das
vor zwei Jahren dort in meiner sonnigen Heimat blitzartig
in mein Leben leuchtete; laß' mich jene Augen noch einmal
sehen, die nie in Liebe auf mir geruht und die doch Tag
und Nacht vor meinen Blicken schweben, mich vor Verlangen
und Sehnsucht oft dem Wahnsinn nahe brachten. Dann —
dann möchte ich sterben. — Wie eine Blume ohne Sonnenlicht
verwelkt und verdorrt, so stirbt ja auch ein Frauenherz,
wenn es unverstanden und ungeliebt durch dieses Erden=
leben wandeln muß. —(Sie verhüllt ihr Antlitz und sinkt in die
Sophaecke).

Harcourt (der mit verschränkten Armen, mit dem Rücken halb zum Auditorium, schweigend und finsteren Blickes seine Gattin anhörte). Wir sind seit einem Jahre verheiratet. Ich habe mir redlich Mühe gegeben, Deine Empfindungen zu verstehen, aber ich bekenne Dir offen, daß ich Deine Wünsche für recht thöricht halte. Um in der Welt glücklich zu leben, braucht man nicht Liebe, sondern Geld. Jede junge Dame ist froh, wenn sie einen reichen Mann bekommt. Alles Andere ist doch nur Nebensache. Warum willst Du andere Wege gehen? Der Mann, dessen Bild Du im Herzen trägst, ist vielleicht längst verheiratet. Du nährst eine Hoffnung, die sich nie erfüllen kann und Deine Gesundheit leidet darunter. Als ich von Deinem Vormunde Deine Hand erbat und Dich aus Deinen Zukunftsträumen riß, wußte ich's ja, daß Du mich nicht liebst, sondern haßest. Jedoch Dein Haß war mir gleichgiltig, — — denn ich wollte nicht Dein Herz, sondern allein Deinen schönen Körper besitzen.

Isabella. Schweige, wenn Du noch Scham hast.

Harcourt (unbeirrt in seiner alten Stellung). Laß' — mich reden. Nur Dein Körper, nur Deine äußere Schönheit hat mich gefesselt und dahin gebracht, daß ich Dich heiratete. Bisher konnte ich dem gesetzlichen Eheleben mit Standes= amt und Kirche keinen Reiz abgewinnen; ich liebte die Ab= wechslung gar zu sehr. Aber nun, da Du meine Frau bist, verlange ich, daß Du Dich nicht weiter härmst und so schön bleibst, wie zuvor. Ich will Dir hinreichend Zeit lassen, nach und nach mich lieb zu gewinnen. Vorläufig befriedigt mich das Bewußtsein, daß Du meine junge Frau bist, um welche mich meine Freunde bald genug beneiden werden.

Blanche (in der Thür erscheinend, mit einem großen Blumenbouquet in der Hand). Darf ich, gnädige Frau? — —

Isabella. Bleibe, ich komme. (Zu Harcourt.) Du gestattest? (Sie nimmt von Blanche die Blumen und geht mit ihr ab.)

Adrian. (Meldend.) Der Herr Justizrath Minard wünscht den gnädigen Herrn zu sprechen. (Herantretend, leise.) Und das Fräulein aus dem Circus, die kleine wilde Kunstreiterin, war in der letzten Viertelstunde schon zweimal nach dem gnädigen Herrn fragen. Fast hätte sie mich durchgeprügelt, als ich ihr sagte, der gnädige Herr ruhen noch in den seligen Flitterwochen.

Harcourt (abwehrend, als wenn ihm die letzte Mittheilung unangenehm wäre). Den Herrn Justizrath lasse eintreten und dem Fräulein Lola Barton mache die Mittheilung, daß ich für sie von heute ab nicht mehr zu sprechen bin.

Adrian. Soll geschehen, gnädiger Herr. (Ab.)

Dritter Auftritt.
Harcourt. Justizrath und Notar Minard.

Harcourt (dem eintretenden Justizrath entgegeneilend). Liebster Herr Justizrath, ich freue mich aufrichtig, Sie begrüßen zu können; aber Sie sehen, ich will gerade zur Börse eilen. Hat Ihre Angelegenheit nicht Zeit bis heute über acht Tage? Dann stehe ich ganz zu Ihrer Verfügung.

Minard. Wie Sie es wünschen, Herr Harcourt. Jedoch heute vor 30 Jahren haben Sie es mir auf die Seele gebunden, dies Document heute in Ihre Hände zu legen. Sie erinnern sich doch noch des Inhaltes?

Harcourt (nachsinnend). Hm, hm! Ja, ja — gewiß. Wie könnte ich das Document auch vergessen haben! Aber, wenn ich bitten darf: Sonntag Abend sind Sie mir doppelt willkommen. Ich lade Sie hiermit zum Thee ein und meine Frau wird sich gewiß freuen, meinen alten Rechtsbeistand kennen zu lernen.

Minard. Ich werde erscheinen. Und nun will ich nicht länger stören. Gestatten Sie noch, daß ich Ihnen die besten Wünsche zu Ihrem jungen Ehestande unterbreite! Ich bin zwar schon lange Witwer, aber ich weiß, daß ein junges liebendes Weib der Himmel auf Erden ist. Auf Wiedersehen zu Sonntag Abend! (Ab.)

Harcourt (allein, sinnend, für sich). Wie es scheint, rächt sich jede Schuld auf Erden. Vor dreißig Jahren, als ich die Tochter des Professors Cochefort kennen lernte, sie zu lieben glaubte, da habe ich, ihren Bitten und Thränen nachgebend, das Document aufgesetzt und dem Justizrathe überliefert. Wenn Editha einen Knaben gebären sollte, schrieb ich, so bewillige ich zu dessen Erziehung und bis zu seinem vierzehnten Lebensjahre jährlich eintausend Franc. Ich konnte das Mädchen nicht heiraten, ich wollte es nicht heiraten, denn ich wollte mein Leben genießen. Und sie hat einen

Knaben geboren! In der ersten Ueberraschung verpflichtete ich mich noch, den Knaben zu adoptiren, wenn er das dreißigste Lebensjahr erreichen sollte. Editha ist acht Tage nach der Niederkunft in's Wasser, in die Seine, gegangen. — (Mit der Erinnerung kämpfend.) Sie ist todt — vergessen. — Und nun kommt dies Document! Aber soll ich jetzt noch Reue empfinden für das, was ich vor dreißig Jahren gethan? Pah, fort mit den sentimentalen Gedanken. Die Mädchen sind wilde Blumen. Wer sie erreichen kann und nicht bricht, ist ein Narr; denn oft kommt andern Tages irgend ein dummer Laffe, der ganz ohne Mühe die zarten Rosen in's Knopfloch steckt. — Eine Flasche Champagner hat mir schon manche melancholische Grille verscheuchen helfen! — Ich eile zur Börse! (Ab.)

Vierter Auftritt.

Raimund. Adrian.

Raimund. (Einfach, schwarz und tadellos gekleidet. Blondes Haar und blonden Schnurrbart. Er legt Cylinderhut und Ueberrock ab, schließt den Geldschrank auf, nimmt einige Bücher heraus und setzt sich an den Schreibtisch, links. Adrian tritt nach ihm auf und putzt eifrig herum). Da ist ja hier Alles so aufgeräumt, Adrian, als wenn morgen Ostern oder Pfingsten wäre! (Lächelnd.) Du weißt doch, daß ich in meinem Arbeitszimmer die Frauen nicht leiden mag; sie scheuern und putzen die ganze Gemüthlichkeit hinaus.

Adrian (mit dem Abreiben der Möbel innehaltend und über die linke Schulter rasch zu Raimund den Kopf drehend). Jawohl, jawohl, Herr Caissier, in meinem Arbeitszimmer kann ich die Frauen ebenfalls nicht leiden, höchstens unsere Blanche, wenn sie mir mal Sonntags die Cravate binden muß. (Eifrig weiterputzend, ohne aufzublicken.) Aber die gnädige Herrschaft ist soeben angekommen und deshalb muß ich hier auch das allerletzte Stäubchen vernichten.

Raimund (erschreckt sich erhebend). Die Herrschaften sind da, und das sagst Du mir erst jetzt und so nebenbei? Höre auf mit Deinem Putzen, Du bringst das ganze Sopha um! Flink, trage meinen Schreibtisch in's Comptoir. Ich helfe Dir.

2*

Adrian (mit dem Aermel die Stirne trocknend). Der Schreib=
tisch soll stehen bleiben, hat der gnädige Herr befohlen, und
Sie möchten vorläufig hier weiterarbeiten.

Raimund. Dann will ich den Herrn Banquier gleich
begrüßen. (Setzt sich und schreibt etwas.) Ist die junge Frau
auch schon zu sprechen?

Adrian. Der gnädige Herr ist soeben ausgegangen; doch die
gnädige Frau ist zu Hause. — Ach, Herr Caissier, ich sage Ihnen,
das ist ein richtiger, wirklicher Engel, so jung und so schön! —
Ein ganzes Jahr sind die gnädigen Herrschaften auf der Hoch=
zeitsreise gewesen, aber denken Sie sich das Unglück — —

Raimund. Was denn?

Adrian (wie verschämt, lächelnd). Als Junggeselle sollte
ich's ja eigentlich nicht sagen; — aber denken Sie sich, die
Herrschaften haben von der Hochzeitsreise ein kleines Kindlein
nicht mitgebracht.

Raimund (unwillig). Das ist ja nicht schlimm.

Adrian. Nicht schlimm? Soooooo? — Ich kann mir
gar nichts Schlimmeres denken! Eine so junge schöne Frau
und noch ohne Kindlein, das ist einfach eheftandswidrig. Für
was heiratet man denn?

Raimund. Gehe und störe mich nicht länger mit Deiner
Philosophie.

Adrian. Nein, darüber muß ich noch stundenlang ganz
gewaltig philosophiren! Denn wenn z. B. Sie ein ganzes
Jahr auf der Hochzeitsreise gewesen und ohne Kindlein
zurückgekommen wären, so würde ich Sie einfach — auslachen
und sagen, das ist kein fleißiger Ehemann.

Raimund (heiter, ein Linial ergreifend). Willst Du wohl
machen, daß Du hinauskommst!

Adrian (näherkommend). Ach, jagen Sie mich doch nicht
fort, Herr Caissier, denn bei wem soll ich meinem bedrückten
Herzen Luft machen? Die gnädige Frau sieht so unglücklich
aus, als hätte sie ihr Lebensglück mit eigenen Händen in's
Grab legen müssen. Wenn Sie ihr in die Augen geschaut,
werden Sie mich verstehen. Unser Herr kann alle hübschen
Mädchen und Frauen leiden — und ich könnte Ihnen Sachen
erzählen, daß Ihnen die Haare zu Berge stehen. Sie wissen
es noch nicht, daß sich hinter mancher wohlwollenden Menschen=
larve ein wollüstiger Belzebub verbirgt. (Ab.)

Raimund (sinnend). „Die gnädige Frau sieht trotz ihrer Schönheit und Jugend so unglücklich aus, als hätte sie ihr Lebensglück mit eigenen Händen in's Grab legen müssen", sagte Adrian, „und wenn ich ihr erst in die Augen geschaut, werde ich seine Sorge verstehen" —? Fast fühle ich schon jetzt Mitleid, noch ehe ich meine junge Herrin erblickt. — (Mit erhobener Stimme, klar, markig, in die Scene tretend.) Wohl weiß ich's schon lange, daß es auf der Welt für einen gefühlvollen Mann nichts Erschütternderes gibt, als wenn er in ein Frauenauge schaut, in welchem ein gebrochenes Herz, eine gemarterte Seele, ein ewiges, unerreichbares Sehnen geschrieben steht. Die gewöhnlichen Menschen gehen an einem solchen Auge achtlos vorüber, sie verstehen das Leid nicht, das ihnen stumm entgegenbetet, sie nennen es spöttisch Melancholie. Welch' ein Mann gibt sich heute wohl noch die Mühe, das ganze Seelenleben eines Mädchens, einer Frau zu ergründen? Fast keiner. Und doch ist der Einblick in eine Frauenseele nicht so schwer zu erreichen, als wie die Welt es meint. Gebt der Frau Beweise, an euere Aufrichtigkeit, an euere Selbstlosigkeit, an ein edles Gefühl für sie glauben zu dürfen, gebt ihr Beweise, daß ihr ihr Vertrauen nicht täuscht und an dem Kneiptisch trunkenen Zechbrüdern verrathet, was sie euch in einer für sie heiligen Stunde anvertraut und geopfert, gebt ihr Beweise, daß ihr sie nicht verlästert und verhöhnt, wenn ihr Alles bei ihr genossen und äußere Verhältnisse euere Wege von einander trennen, dann werdet ihr einen vollen Einblick in ihre Seele erlangen! Wie sich die Blätter der Mimose bei der leisesten Berührung zusammenziehen, so zieht sich auch ein edles Frauenherz zurück, wenn es einmal getäuscht ward. Dann tritt in ein Frauenauge jener feuchte, trübe Glanz, den die Welt Schwermuth nennt und der doch nur der schwarze Schleier ist, den das Weib vor sein verlassenes und betrogenes Herz senkte. Ein unglücklich blickendes Frauenauge ist ein Kreuz am Wege, wo entweder der liebe Gott gerufen — oder ein Schuft ein Verbrechen begangen hat! (Er nimmt Hut und Stock, um sich bei Isabella anmelden zu lassen.) Wollte der Himmel, daß in diesem Hause doch auch einmal ein glückliches Frauenantlitz strahlte! (Er wendet sich zur Thür).

Fünfter Auftritt.

Raimund. Isabella. Adrian.

Isabella (rasch eintretend, ein Handtäschchen vom Sopha nehmend, das sie vorher vergessen, dann Raimund erblickend). Verzeihen Sie, mein Herr, daß ich ohne anzuklopfen hier eintrat. Ich vergaß dies Handtäschchen.

Raimund (betroffen). Gewiß habe ich die große Ehre, die gnädige Frau dieses Hauses vor mir zu sehen? —

Isabella (lächelnd). Ja — ich bin's. (Wie von einer Ahnung erfaßt, ihm näher tretend, ihn voll anschauend, zurückzuckend, die Hand auf's Herz pressend, freudig, für sich.) O Gott, er ist's — (In erregter Freude.) Und ich habe wohl das Vergnügen, den Herrn Cassier Marsan begrüßen zu dürfen? (Sie sucht vergebens ihre glückliche Erregung zu bannen, ihr Auge strahlt in brennender, neu erwachter, erster, heiliger Liebe.)

Raimund. Jawohl, gnädige Frau. Mein Name ist Raimund Marsan, Cassier des Bankhauses Victor Harcourt. Wie mir der Kammerdiener sagte, ist mein Herr Chef bereits ausgegangen und hätte den Befehl hinterlassen, daß ich auch ferner, wie in seiner Abwesenheit, in diesem Zimmer arbeiten soll.

Isabella. Ich hörte den Wunsch meines Gatten. Aber Herr Marsan, verzeihen Sie mir eine Frage: Ich habe Sie schon einmal gesehen. Täusche ich mich nicht? (In glücklicher Rückerinnerung lebhaft seine Hand ergreifend.) Sagen Sie, täusche ich mich wirklich nicht?

Raimund (lächelnd). Nein, Sie täuschen sich nicht, gnädige Frau; auch ich habe Ihr Antlitz schon einmal erblickt.

Isabella (freudig, glücklich, sich vergessend). So ist es wahr? O, mein Gott, wo? wo? Nennen Sie mir den Ort.

Raimund. In Italien — in Neapel. Es war vor zwei Jahren, als ich mit dem Herrn Banquier eine Geschäftsreise nach dem Süden machte.

Isabella. Richtig, richtig. War es im Theater? (Sie jauchzt unterdrückt.)

Raimund. Ja. Verdi's „Rigoletto" wurde gegeben. Sie saßen mir vis-à-vis in einer Loge. Und als ich Sie anschaute, da sang in dem Moment der enteilende Herzog: „Ach, wie so trügerisch sind Weiberherzen!"

Isabella (heiter). Oho! oho! „Männerherzen" sollte es heißen. (Nochmals seine Hand ergreifend.) Ich danke Ihnen vielmals! Ja, Sie waren der blonde Herr, der mir unter den dunklen Söhnen Italiens auffiel. Sie sehen, daß ich Sie bis heute nicht vergessen. (Verschämt ihn anschauend.) Und haben Sie damals öfters als einmal mich angeblickt — und dann später auch ein wenig, nur ein klein wenig an mich gedacht?

Raimund. Ja, gnädige Frau. Seit mein gnädiger Herr auf der Hochzeitsreise in Italien weilte, waren meine Gedanken und meine Sehnsucht fast stündlich dort. Das Land ist dort zu schön, die Frauen sind dort zu zärtlich! — Umso=mehr überraschte es mich jetzt, Sie als die junge Frau meines Herrn zu sehen. Ich erkannte Sie an Ihren strahlen=den Augen wieder.

Isabella (beglückt). O, das ist ja himmlisch, entzückend! Nun kann ich doch wenigstens sagen, daß ich e i n e n Be=kannten aus meiner sonnigen Heimat bei mir habe. (Sie setzt sich rechts.) Mein Gatte sagte mir, wenn ich einen Rath oder eine Hilfe gebrauche, soll ich mich an Ihre Güte wenden.

Raimund. Ich werde jeden Ihrer Wünsche von Herzen erfüllen.

Isabella (eine Stickerei oder Häkelarbeit aus dem Täschchen nehmend). Nun, die Wünsche einer jungen Frau sind nicht immer so leicht zu befriedigen. — Vorerst gestatten Sie, daß ich hier ein Weilchen verweile — und dann erzählen Sie mir etwas von diesem Hause, das mir so finster und öde erscheint. — Mein Gatte erwähnte, daß Sie bereits über fünf=zehn Jahre sein getreuer Mitarbeiter wären.

Raimund. Ja, gnädige Frau. Aber Sie bringen mich in Verlegenheit, denn ich glaube, daß nicht ich, sondern Ihr Herr Gemahl Ihre Wünsche in Betreff der Chronik dieses Hauses erfüllen müßte.

Isabella. Ich verstehe diese Rüge. — — Sie scheinen Damen gegenüber nicht sehr galant zu sein?

Raimund. Meine Pflicht als Untergebener Ihres Herrn Gemahls gebietet mir, an meine Arbeit zu gehen. Gestatten Sie gütigst, daß ich mich entferne.

Isabella (erregt, fast heftig). Bleiben Sie, Herr Marsan! Ich werde die Viertelstunde, die Sie mir weihen sollen, bei meinem Gemahl vertreten!

Raimund. Ich wollte Sie nicht verletzen, gnädige Frau. Vergebung. (Setzt sich links.)

Isabella. Haben Sie innigsten Dank! (Freundlich.) Warum soll zwischen uns denn Feindschaft herrschen —? Trotzdem wir uns heute zum ersten Male sprechen, betrachte ich Sie doch schon seit zwei Jahren als einen lieben Bekannten, der mir, wenn auch nicht körperlich, so doch geistig stets nahe war. Herr Marsan, ich sagte Ihnen, daß ich seit dem ersten Erblicken Ihrer öfters, täglich, nein stündlich, unabläßlich gedacht; haben Sie das vergessen?

Raimund. Nein, ich habe es nicht vergessen.

Isabella. O, wie Ihre Worte mich erfreuen! Ich möchte Sie recht lange sprechen hören. Ihre Sprache gefällt mir — und ich war es bisher leider gewöhnt, alle meine kleinen Launen erfüllt zu sehen. Sie ahnen gar nicht, wie sehr ich oft launenhaft bin, manchmal gleiche ich darin einer wahren Tyrannin.

Raimund (halb lächelnd). Nun, von Ihnen, gnädige Frau, nach allen Regeln der Minnekunst tyrannisirt zu werden, ließe sich schon manch' ein Herr gefallen.

Isabella (rasch, freudig). Wirklich? Auch Sie?

Raimund. Pardon — das weiß ich noch nicht.

Isabella. Aha, nun werden Sie vorsichtig! Sprechen Sie doch frei und offen. Ich hasse jede Etiquette, diese thörichte Sitte, welche die Menschen zwingt, sich wie Drahtpuppen zu benehmen, jede natürliche, freie Bewegung hemmt und keine ehrliche Sprache gestattet! Diese Etiquette allein ist der Grund, warum es so viel Heuchelei, Falschheit und Lüge in der sogenannten guten Gesellschaft giebt. Ihr Antlitz hat mir beim ersten Erblicken mehr als Vertrauen eingeflößt, ja — warum soll ich's nicht sagen, eine Sympathie, die — —

Raimund (unterbrechend). Gnädige Frau —

Isabella. Nun ja, warum soll ich dies nicht sagen? (Neckisch.) Warum soll ich Ihnen nicht Vertrauen schenken, wenn Sie schon so lange Zeit der Vertraute meines Gemahls sind?!

Raimund (heiter). Gegen diese Logik läßt sich freilich nichts einwenden.

Isabella. Aha, sehen Sie, die Männer sagen aber gewöhnlich, daß wir Frauen selten logisch denken können.

Raimund. Bei Ihnen war diese große Seltenheit soeben eingetreten.

Isabella. Wirklich, mein Herr? Sie können außerordentlich schmeicheln!

Raimund (sich launig verneigend). Bitte, bitte.

Isabella. Wollen Sie mir eine Frage beantworten — so eine recht neugierige?

Raimund. Etwa, ob ich zum tyrannisiren geeignet bin?

Isabella. O nein, das hat noch Zeit! Ich möchte wissen, ob Sie verheiratet sind?

Raimund. Nein, noch nicht.

Isabella. Dann rathe ich Ihnen, noch recht lange damit zu warten; denn nicht immer werden im Ehestande die süßen Träume des Jünglings und des Mädchens erfüllt. Oft geht bei dem Jawort am Altar das Herz leer aus — und nur die Hand erhält eine Fessel, die schmerzlicher drückt, als eine Galeerenkette.

Raimund. Wenn aber Mann und Frau sich aufrichtig lieben?

Isabella. Wenn sie sich lieben! O ja, dann gibt es kein schöneres Glück auf Erden. Doch dieses Glück ist nur wenigen Sterblichen vergönnt. Wie viel tausende sich liebende Herzen werden auseinandergerissen, wenn die äußeren, materiellen Verhältnisse den Bund für's Leben nicht gestatten. Und wie viele Frauen gibt es auf der Welt, die ihrer Pflicht als Gattin und Mutter treu und aufopfernd nachkommen — und doch in der tiefsten Tiefe ihres Herzens ihre erste heilige Liebe bewahren. Nicht die goldene Tagessonne, sondern die finstere Nacht sieht und hört es, wie viele Frauenherzen in stummer Resignation ihre erste Liebe beweinen — —

Raimund. Sie haben Recht, gnädige Frau.

Isabella. O, absolut habe ich recht. Und „wenn ich einmal der Herrgott wär'", ich schüf' nicht ein großes Faß, sondern ich verordnete vor Allem definitiv: Daß jedes Mädchen seine erste Liebe heiraten müßte. (Für sich.) Ihr guten Götter — das würde ein internationales Jubelgeschrei werden! (Sie schaut ihn lustig an.)

Raimund. Diese göttliche Verordnung könnte auf der Erde Bedenken erregen.

Isabella. Warum?

Raimund. Weil die Männer gewöhnlich ihre erste Liebe nicht heiraten wollen.

Isabella. Oho! Die Männer wollen's stets, wenn die Mädchen nur wollen!

Raimund. Das möchte ich stark bezweifeln; denn der Traum der ersten Liebe ist zu schön, als daß man nicht zögern sollte, ihn durch die Prosa der Ehe zu zerstören. — Doch nun gestatten Sie, gnädige Frau, (er erhebt sich) daß ich mich —

Isabella. Noch einen Augenblick, Herr Marsan, und eine kleine zweite Frage: Verheiratet sind Sie also nicht, haben folgedessen auch noch keine Kinder —; aber haben Sie schon jemals geliebt?

Raimund (erstaunt, höflich). Ich bitte Sie — diese Frage —

Isabella. Jawohl — die ist wohl recht kritisch? Warum wollen Sie mir diese Frage nicht beantworten — diese Frage, die mich quält?

Raimund. Die Sie quält —?

Isabella. Ja, die mich quält. Denn das Weib, das Sie lieben, wird den Himmel auf Erden haben. Und, Raimund Marsan, verzeihen Sie, jede Frau ist egoistisch.

Raimund (unruhig, wie von einer dunklen Ahnung erfaßt, ernst). Mir fehlen Worte, um Ihre Frage zu beantworten — der Sinn derselben ist mir noch nicht erklärlich. — —

Isabella. Fühlen Sie aus dem Tone meiner Frage nicht eine gemarterte Seele? Seit zwei Jahren war es mein heißester Wunsch, Sie wiederzusehen. — Und nun, wo mir der Zufall so gnädig war — (Sie hält inne und geht zur Thür.)

Adrian (eintretend). Die gnädige Frau entschuldigen. — Herr Cassier, Sie werden gebeten, in's Comptoir zu kommen, der Kaufmann Saussier wünscht Sie in einer dringlichen Geschäftssache zu sprechen.

Raimund. Ich komme, Adrian. (Sich vor Isabella verneigend.) Sie gestatten — auf Wiederseh'n, Madame. (Mit Adrian ab.)

Isabella. Auf Wiedersehen, Herr Marsan! (Allein, auffiebernd.) O, diese Herzensqual! So urplötzlich vor dem Manne seiner heißesten Sehnsucht zu stehen und ihm nicht sagen,

ihm nicht zujubeln zu dürfen: Sei mein! Sei mein! Ich
liebe Dich! — O mein Gott, diese wunderbaren Augen=
sterne, die mein Herz zum Stillstand brachten. — Nun fühle
ich's: Liebe läßt sich nicht durch Umgang erlernen. Das nur
ist die wahre Liebe, wenn die Seele beim ersten Erblicken
eines Augenpaares erschauernd zusammenzuckt und einen
Moment wie betäubt ist, — wenn das fremde Augenpaar wie
ein gefesselter flammender Blitz im Herzen schmerzlich süß
strahlt und der Seele die bange Gewißheit wird, daß etwas
Göttliches, Unabwendbares ihren Frieden gestört. — Sollen
diese Augen meinen Weg erhellen? Soll diese Hand mich
leiten? — Wenn sein Herz auch für mich schlagen sollte, so
habe ich das Glück meiner Mädchenjahre wieder gefunden.
Das Band, das mich an meinen Gatten kettet, ist von dieser
Minute an kein Band mehr, es ist zerrissen. Die wahre
Liebe hat die Fessel gesprengt, die vormundschaftliche Berech=
nung um meine Hände geschlungen. Der Vogel in der Luft,
das Thier im Walde wählt sich frei seinen Gefährten. Darf
dies nicht der Mensch?! Gezwungen bin ich meinem Gatten
zum Altar gefolgt, aber ich habe mir das Herz und die Un=
schuld meiner Jugend bewahrt. Ohne Scheu kann ich deshalb
um den Mann meiner Sehnsucht werben und wenn es sein
muß, um seinen Besitz kämpfen. Wo die heilige Natur ihr
Recht verlangt, da muß menschliche Sittenlehre zurücktreten. —
Raimund Marian, von dieser Stunde an wird ein unglück=
liches junges Weib Deinen ruhigen Lebenspfad kreuzen, es
wird suchen, Deine Liebe zu gewinnen, sein Glück zu erjagen,
und wenn's eine Jagd bis an's Ende der Welt werden sollte!
Und habe ich das Ziel erreicht, dann wird die Gerechtigkeit
mich von dem gehaßten Gatten befreien und namenlose
Seligkeit, grenzenloses Glück mein Lohn sein!

Sechster Auftritt.

Blanche. Isabella.

Blanche (einen kostbaren Teppich in der Hand, bedrückt
eintretend). Ach, gnädige Frau — ich bin ein unglückliches
Mädchen. Ich wollte diesen Teppich in der Küche reinigen,
wurde abgerufen und ließ ihn liegen. Als ich wieder kam,
war aus der Kaminthüre ein Funken auf den Teppich ge=

sprungen und dies Loch eingebrannt. (Ihr die Hand küssend.) Ach, weisen Sie mich nicht aus dem Hause, sonst gehe ich noch heute in's allertiefste Wasser.

Isabella. Beruhige Dich nur, Blanche. Wenn der Adrian Deine Selbstmordgedanken hörte, würde er Dich nicht heiraten wollen.

Blanche (sich die Augen trocknend, schnell, freudig). Die gnädige Frau wissen also schon, daß Adrian mir das Heiraten versprochen? (Traurig.) Ach, der heiratet mich auch nicht, wenn ich keine Selbstmordgedanken habe. Er ist ein so schlechter Mensch, ein Treuloser, ein Belzebub —

Isabella. Du liebst ihn aber doch?

Blanche. Rasend. — Ich habe ihm auch die Ehe ver= sprochen, aber — aber —

Isabella. Aber er will nicht?

Blanche (schluchzend). Nein, er will nicht. — Er will mich nicht heiraten, denn er sagt immer, er kann sich gar nichts Schlimmeres denken. (Sie trocknet mit dem Teppichzipfel ihre Augen.)

Isabella. Vielleicht hat er auch recht.

Blanche. Ja, wenn er mich sitzen läßt, behält er schon recht.

Isabella. Nun beruhige Dich nur. Ein so nettes Mädchen wie Du bekommt schon immer einen Mann. — Doch der Teppich ist ein Andenken von meiner todten Mutter und deshalb werde ich ihn repariren lassen. Wohnt vielleicht hier in der Nähe eine geschickte Stickerin?

Blanche. Gewiß, gnädige Frau — gerade hier gegen= über. Es ist Fräulein Hortense Renier, die beste Stickerin in unserem Stadttheil, ein einfaches, aber wunderschönes Mädchen, so milde, wie ein Engel.

Isabella. Gut, rufe sie herüber; sie kann die Arbeit sofort beginnen.

Blanche. Wenn sie zu Hause ist, bringe ich sie gleich mit. (Ab.)

Isabella (allein). Oft sagt man, daß ein hübsches, mildes Menschenantlitz, gleichsam als der Spiegel der Seele, auch ein edles Herz verräth. Ich habe keine wahre und treue Freundin, der ich mein Denken und Empfinden anvertrauen könnte. Vielleicht hat diese einsam stehende, arme Stickerin ein ehrliches Herz. Treue Freundschaft und treue Liebe, das sind die herrlichsten Himmelsgaben in dieser profanen Narrenwelt.

Siebenter Auftritt.

Harcourt. Isabella.

Harcourt (in Straßentoilette, eilig). Verzeihe, daß ich
störe, liebe Frau. Aber ich habe auf der Börse ein derart
gutes Geschäft gemacht, daß ich schon ein wenig vergnügt
sein darf. Durch das rapide Steigen der Eisenbahnactien ist
mir ein Gewinn von achtzigtausend Francs fast im Hand=
umdrehen zugefallen. Schau her, ich habe die Summe in Händen.
(Er zeigt eine gefüllte Brieftasche.)

Isabella (kalt). Von solchen Geschäften verstehe ich
nichts, mein Herr Gemahl. (Ihn von oben bis unten anschauend.)
Der geschickteste Handwerker, der genialste Künstler kann eine
derartige große Summe nicht in zehn Jahren verdienen und
Du nimmst das Geld so ohne jede Arbeit hin? Unter Deinem
sogenannten „Verdienst" müssen doch andere Menschen leiden!

Harcourt (überlegen lächelnd). Meine Theure — über
Börsengeschäfte soll man mit Damen nicht sprechen; ent=
schuldige meine große Unvorsichtigkeit. — Doch Pardon!
War Herr Marsan noch nicht hier? Ich brauche ein Quittungs=
formular, um über diese Summe zu quittiren. Ah — da
liegt ja eins. (Er setzt sich an den Schreibtisch und fertigt die
Quittung aus.) So — das wäre in Ordnung. (Lehnt sich im
Sessel zurück und schaut Isabella, die auf dem Sopha sitzt und
häkelt, durch sein Augenglas an.) Also, Du hast Herrn Marsan
noch nicht gesehen?

Isabella (mit einer momentanen Verwirrung kämpfend, die
Handarbeit fortlegend, zum Schrank gehend und ein Buch heraus=
nehmend). Der Herr Caissier war eben hier.

Harcourt. Hast Du ihn schon kennen gelernt? Das
ist mir recht lieb. Wie findest Du Herrn Marsan? Nicht
wahr, er hat ein treues Gesicht.

Isabella (warm). Nicht nur ein treues, sondern auch
ein ehrliches, sympathisches Antlitz, in welches zu schauen
Einem wohlthut.

Harcourt. Sehr richtig. Ich freue mich, daß Du
meinen Glauben über ihn theilst. Ich habe sonst für Männer
keine Schwärmerei; aber Marsan wurde mir schon damals
sympathisch, als er als fünfzehnjähriger Knabe in mein
Haus trat und bettelte.

Isabella. Er — bettelte?!

Harcourt. Höre nur: Es war ein recht kalter Winter=
tag. Ich komme die Treppe herunter, um in die harrende
Equipage zu steigen, als mir ein kleiner Knabe entgegentritt
und starr mich anschaut. Nein, gebettelt hat er nicht, ich
entsinne mich jetzt. Aber er sah in seiner dünnen, wenn auch
anständigen Kleidung so mitleiderregend aus und er zitterte,
trotz aller Anstrengung, es zu verbergen, so vor Frost, daß
ich ihm schnell ein Geldstück hinreichte. Ich muß noch jetzt
lachen, wenn ich daran denke, mit welch' einer beleidigten
Miene er das Geld zurückwies. Ich fragte ihn, was er von
mir denn wolle. Und er antwortete: „Arbeit will ich, denn
ich stehe ganz allein auf der Welt." Diese kurz heraus=
gestoßenen Worte imponirten mir, und ich sagte: „Arbeit
sollst Du bei mir haben." Seit jener Zeit ist Marsan in
meinem Hause thätig. Er ist treu wie Gold. Millionen gehen
durch seine Hände und einen derartigen Cassier kann man
nicht genug hoch halten. Mein damaliges Mitgefühl hat sich
reichlich belohnt. (Launig, aufstehend.) Ich empfehle Herrn
Raimund Marsan Deiner ganz besonderen Huld und Gnade.

Isabella. Ich bin's gewöhnt, meinen eigenen Empfin=
dungen zu folgen.

Harcourt. Nun, nun, ich wollte Dich nicht kränken.
Aber was willst Du mit dem alten Teppich thun?

Isabella. Er muß reparirt werden. Blanche holt bereits
ein junges Mädchen, das den Schaden ausbessern soll.

Harcourt. Hättest doch einfach einen neuen kaufen sollen.
Ja, ehe ich vergesse: Wenn Herr Marsan erscheint, so lasse
Dir von ihm sämmtliche Räume des Hauses und den Park
zeigen. In dem kleinen Gartenhause da drüben befindet sich
die Bildergalerie meiner Ahnen. Hier von dem Balcon aus
hast Du die schönste Aussicht auf die umliegenden Berge
und den Strom. Du bist eine talentvolle Malerin; an Stoff
wird es Dir hier nicht fehlen. Der Balcon ist mit Blumen
umstellt; richte Dir einen Platz zum Arbeiten und Ausruhen
behaglich ein. Leider fehlt mir die Zeit —

Isabella. Ich danke Dir. (Sie tritt auf den Balcon hinaus.)

Harcourt. — — denn meine Bekannten wollen Neuig=
keiten aus Italien hören und brennen förmlich darnach, mich
begrüßen zu dürfen. (Will abgehen und ruft zum Balcon hinaus.)

Abieu, mein liebes Weibchen — Abieu! (Gepolter im Vorzimmer.) Was ist denn das? (Lauscht inmitten des Zimmers.)

Adrian (draußen). Halt! Halt! Sie dürfen nicht hinein! Der gnädige Herr ist nicht zu Hause. Halt! Halt! Mein Fräulein!

Stimme von draußen. Waaas? Nicht zu Hause, wenn ich ihn sprechen hör'?! Da haben Sie eine Banknote (man hört eine Ohrfeige schallen und Adrian au! au! rufen) und nun melden Sie mich sofort an, sonst giebt's etwas mit der Reit= peitsche!

Adrian (draußen). Au! Halten Sie ein — ich gehe schon.

Achter Auftritt.
Die Vorigen. Adrian. Lola Barton.

Adrian (mit verhaltener Wange, eintretend, meldend). Fräulein Lola Barton aus dem Circus wünscht dringend den gnädigen Herrn zu sprechen. (Herausplatzend.) Gnädiger Herr, das ist die wilde Katze, die Sie vor 1½ Jahren so heiß „geliebt" haben. (Es klopft. Adrian eilt zur Thür und stellt sich, rückwärts, gespreizt vor.) Da kommt sie schon.

Harcourt (erschreckt). Lola Barton —? Zum Teufel, was will Die von mir?! Sage der Dame, daß ich sie nicht mehr empfangen werde — und ihr mein Haus verbiete.

Adrian. Sofort, gnädiger Herr. (In dem Augenblick, wo er sich umdreht, wird die Thür aufgerissen. Adrian prallt zurück, während Harcourt nach links zum ersten Sessel am Sopha tritt.)

Lola (im Circus=Reitcostüm, über welches sie einen langen weißen Damenreitmantel geworfen, das Baret in der Hand, auf= gelösten Haares, einstürmend, Adrian umrennend, ihm einen Schlag mit der Reitgerte gebend und Harcourt um den Hals fliegend). Mein süßer Victor, mein liebster, alter Schatz, soeben hörte ich, daß Du von Deiner Studienreise aus Italien zurück= gekehrt bist. Mein Herz riß mich im Galopp zu Dir, denn ich habe mich während Deiner langen Abwesenheit fast todt= gebangt! (Sie will Harcourt küssen; dieser zuckt mit dem Kopf zu= rück. Da ergreift sie rasch den Sessel, stellt denselben neben Harcourt hin, springt hinauf und umschlingt den Banquier. Der Mantel fällt von ihren entblößten Schultern.) Hurrah! Laß' Dich küssen, Du verliebter, alter Champagnerkönig (thut's heftig) und sage mir, ob Du Deine kleine Lola auch nicht vergessen hast. (Harcourt mit dem linken Arm um den Hals haltend, mit dem rechten Arm die Reitpeitsche nach dem langsam auffrabbelnden Adrian schwingend.) Auf, Adrian! Stelle sofort zwei Flaschen Champagner auf den Schreibtisch, wo ich vor drei Semester mit diesem herzigen, zuckersüßen, verliebten Don Juan so oft gekneipt! Fort! (Adrian hinkt ab.) Nicht wahr? Du erlaubst es doch? (Im leisen Tone, schelmisch-schmeichelnd.) Schenk mir ein Küßchen —

Harcourt, (der sich vergebens bemühte, aus Lola's Umarmung zu entschlüpfen, erschreckt und verlegen zum Balcon schauend, wo Isabella steht und athemlos hört und zuschaut). Aber Lola, Katze, bist Du toll?! — Mein Fräulein, ich bitte Sie — dieser Irrthum Ihrerseits — ich kenne Sie ja gar nicht —

Lola (ihn mehrmals umhalsend, lachend, sprudelnd). Waaas—? Fräulein nennst Du mich? Und ein Irrthum soll es sein? Und Du kennst mich nicht? Oho, mein Alterchen, ich kenne meine Liebhaber sehr genau, denn Du bist meine Nummero sieben und daher ein Irrthum ganz unmöglich. (Sie küßt ihn leidenschaftlich und springt vom Sessel herab.) Du spaßiger Mann, das klingt ja nach Treubruch! Hast Du Deine kleine Katze nicht mehr lieb? Dann wehe Dir, Rabenvater! Ja, warte mal, hier, hier, hier (sie hebt drei, vier, fünf, sechs ihrer dünnen, weißen, nur bis zum Knie reichenden Unterröckchen in die Höhe und zieht mit Anstrengung aus der Tasche ihrer weißen Reithosen ein großes Portemonnai, dem sie eine An=zahl Papiere entnimmt), Du mußt mir diesen ganzen Stoß Rechnungen bezahlen, denn ich habe Alles, noch wie früher, auf Dein Conto gekauft. (Sie läßt Harcourt nicht zu Worte kommen; glücklich, im frohen, leichtsinnigen Mutterstolz, hervor=sprudelnd:) Und unser kleine Junge, weißt Du, unser kleine Junge Nummero drei kann schon laufen und reitet auf seinem Steckenpferd, wie ich auf meinem Berberhengst, und er fragt immer — der Junge nämlich — wo ist mein Papa? (Umarmt lachend Harcourt.) Und nun habe ich seinen Papa endlich wieder erwischt — und heute Abend mußt Du mitkommen mit mir und ich zeige Dir den kleinen Strolch, der Dir wie aus den Augen gerissen ist. (Sie wirbelt Harcourt im Kreise herum.) Ach — ich bin cannibalisch in Dich verliebt! (Küßt ihn.)

Harcourt. Mein Fräulein, um Himmelswillen — (zum Balcon weisend.) Du närrisches Mädel, siehst Du nicht —?!

Lola (langsam). Mein Gott — wir sind nicht allein? (Rasch, drohend.) Wer ist die Dame? Ha, eine Nebenbuhlerin,

die sich versteckt hat! Das gibt ein Duell zwischen uns.
(Ein paar Schritte zum Balcon springend.) Kommen Sie nur
heraus, mein schüchternes Fräulein; ehe ich Ihnen Diesen
ablasse, (zeigt auf den sie zurückhaltenden Banquier) müssen Sie
zuerst mit mir raufen!

Harcourt (bei Seite). Eine schauderhafte Situation.
Die ist im Stande, eine Prügelei anzufangen. (Laut.) Sei
klug, Lola. (Hastig, leise.) Spiele Deine Rolle gut und folge
mir. (Sie zu Isabella führend.) Gestatte, Isabella, daß ich Dir
die Gemahlin meines vor acht Tagen verstorbenen besten
Freundes vorstelle: Frau Baronin von Barton — (mit einem
angstvollen Seufzer) meine Frau —

Lola (sich vergessend, herausschreiend). Deine Frau, Victor?
(Sie starrt ihn an und wirft seine gefaßte Hand von sich.) O, Du
Rabenvater! Laß' mich, laß' mich — wo ist ein Sopha?
— Ich muß zuerst in Ohnmacht fallen! (Sie sinkt auf das Sopha
nieder, streckt sich lang aus und stöhnt jammernd.) Seine Frau —
au — auau! (Mit den Beinen wild auf das Sopha schlagend,
aufspringend und sich die langen Haare aus der Stirne streichend,
Harcourt von oben bis unten musternd, rasch hervorgestoßen.)
Also, Deine Frau! Wie reizend das klingt. (Ihren Mantel
umnehmend, ernst zu Isabella.) Ich freue mich, gnädige Frau,
Sie begrüßen zu dürfen — und bedaure nur, daß ich als
eine Trauernde kommen mußte.

Isabella (eisig, hoheitsvoll). Ihr Herr Gemahl ist vor
acht Tagen gestorben? (Sie tritt vom Balcon in's Zimmer.)

Lola (sich die Augen trocknend). Ja, vor fünf Tagen
wurde er begraben. Ein Sturz mit dem Pferde brachte ihm
den Tod. Der arme Mann —

Isabella. Ist es Sitte in diesem Lande, daß eine Frau
um ihren verstorbenen Mann keine Trauerkleider trägt?

Lola. O ja, im Lande wohl; aber im Circus nicht.

Harcourt (in Angst und Unruhe). Frau Baronin, meine
Equipage hält unten. Wenn Sie gestatten, begleite ich Sie
bis zu Ihrem Hause.

Lola (raunend). Nach Hause nicht, aber zum Circus,
wo ich aus der Probe weggerannt bin! (Laut.) Sehr gütig,
Herr Harcourt. (Sie nimmt seinen Arm.) Und Sie, meine
Gnädige, gestatten doch, daß ich in den nächsten Tagen wieder
vorsprechen darf?

Harcourt (ihr den Arm reichend und für Isabella das Wort ergreifend). Meiner Gemahlin wird es stets eine große Ehre sein, Sie empfangen zu dürfen. (Zu Isabella.) Adieu, mein Kind.

Lola (ernst). A revoir, Madame! (Beide ab.)

Isabella (rasch nach und die Thür öffnend, rufend). Adrian! Wo ist der Adrian? Adrian, kommen Sie sofort her! (Der Gerufene erscheint in Kutscherlivrée.) Fahren Sie die Dame nach ihrer Wohnung und bitten Sie meinen Gemahl zu mir herauf.

Adrian. Wie Sie befehlen, gnädige Frau. (Ab.)

Isabella (geht wartend eine Minute lang stumm auf und ab, dann wirft sie sich in die Sophaecke und bedeckt ihr Gesicht mit der Hand.) Schrecklich — — — schrecklich — — —

Harcourt (eintretend und vor Isabella stehen bleibend). Es war mir wirklich unangenehm, Isabella, daß dieser Besuch mich überrascht hat; aber — solche alte Bekanntschaften sind schwer abzuschaffen.

Isabella (mit einer abwehrenden Handbewegung sich erhebend und in die Scene schreitend). Schweige! (Sich zu Harcourt kehrend.) Diese Schmach konnte nicht größer sein, mein Herr Gemahl, der Du mir noch vor einer Stunde sagtest, daß ich Dir Treue schulde — Treue verlangst Du von mir und eine leichtfertige Kunstreiterin küßte Dich in meiner Gegenwart! Du hattest nicht die Kraft, die Dame hinauszuweisen. Warum stelltest Du sie mir vor? Warum logst Du, daß es eine Frau, eine Witwe sei? Victor Harcourt, Du gemeiner Wüstling: Ich, deren Herz unter Italiens Himmel, in Italiens Myrthenhainen geklopft, (schwer und langsam) — ich soll hier in diesen Mauern eine tugendsame und treue Hausfrau sein und Deine Maitressen empfangen? — Du suchst auf Deinen schmutzigen Wegen neue Genüsse für Deine abgestumpften Sinne — und mein junges Herz soll einsam verbrennen in heißer, heiliger Sehnsucht und Liebe nach dem höchsten Glücke des Weibes: nach treuer Gegenliebe? Meine Seele soll darben, während Du den Becher der Freude bis zur ekelhaften Neige leerst? (Seinen Einspruchsversuch abwehrend; mit erhobener Stimme.) Wer vermag mich zu verdammen, wenn ich nun meinem Glücke nachjage? Das Weib des Bettlers genießt oft Liebe in Ueberfluß. Aber mir soll kein Liebesfrühling lächeln, ich soll dies übervolle

Herz preſſen, damit es nicht nach Luft und Blumen, nach Freiheit und Glück aufjammert? — Barmherziger Gott, tödte mich, oder laß' mich glücklich werden, denn keines will ich, oder maßlos Glück auf Erden! (Sie ſtürzt mit gerungenen Händen ab.)

Harcourt (allein). Das ſind die Freuden des geprieſenen Eheſtandes! Als Junggeſelle habe ich bei Lola's Beſuchen derartige Scenen nicht durchmachen brauchen. — Was das Mädel mir alles erzählte, ohne mich zu Worte kommen zu laſſen, iſt freilich etwas unheimlich geweſen. — Fatales Pech; immer, wo ich eine kleine Liaiſon anknüpfe, kommt mit rührender Pünktlichkeit der Storch hinterher! Das ſoll anderen Männern zwar ebenfalls paſſiren, doch nöthig wäre es, meiner Anſicht nach, nicht. (Ab.)

Neunter Auftritt.

Blanche. Hortenſe. Iſabella.

Blanche (Hortenſe einführend. Hortenſe iſt 19 Jahre alt, ſchwarz von Haaren und in einfacher, ganz heller Kleidung. Sie kommt ohne Hut, ein kleines Arbeitskörbchen in der Hand. Ihr ganzes Auftreten iſt beſcheiden, aber doch lieblich und ungezwungen. Ihre Züge ſind von jener müden Bläſſe, die angeſtrengtes nächtliches Arbeiten verräth.) So, mein Fräulein, jetzt nehmen Sie gütigſt hier Platz. (Führt ſie zum Sopha.) Madame wird ſogleich erſcheinen und Ihnen ſagen, was Sie zu arbeiten haben.

Hortenſe. Das iſt wohl die gnädige Frau? (Sie erhebt ſich.)

Iſabella (eintretend). Ich danke Dir, Blanche. Trage zwei Stühle auf den Balcon und hole einen Nähtiſch herbei.

Blanche. Recht gern, Madame. (Sie bringt, während Iſabella mit Hortenſe in Unterhaltung bleibt, die gewünſchten Sachen herbei und macht ſich auf dem Balcon zu ſchaffen.)

Iſabella (zu Hortenſe). Sie verzeihen, mein liebes Fräulein Renier, daß ich Ihre Gegenwart wünſchte. Iſt's Ihnen wohl möglich, dieſen Teppich auszubeſſern? (Der Teppich bleibt auf dem Tiſche liegen, damit die beſchädigte Stelle vom Publicum nicht zu ſehen iſt.) Er iſt ein Andenken von meiner todten Mutter und deshalb mir unerſetzlich.

Hortenſe. O gewiß, gnädige Frau. In ein bis zwei Tagen iſt die Stelle neu eingeſtickt. Ich glaube, ich habe die paſſende Seidenfarbe ſogar hier. (Sucht in ihrem Arbeits-

3*

körbchen.) Da ist sie schon. Sehen Sie, die Farben passen vorzüglich.

Isabella. A—h, recht angenehm. Arbeiten Sie nur recht langsam und bequem, damit die Sache gut wird. Für jedes Blatt, das Sie neu einsticken, zahle ich Ihnen ein Honorar von zehn Francs.

Hortense. Zehn Francs für jedes neue Blatt? Gnädige Frau, Sie scherzen mit mir. Da fehlen ja über dreißig Blätter und Sie müßten demnach Dreihundert Francs verausgaben! Das ist viel zu viel. Ich bin für die ganze Arbeit mit Zwanzig Francs zufrieden.

Isabella (lächelnd). Nein, nein, das kann ich nicht annehmen. Ich bitte Sie, an dem Teppich mindestens zwei Wochen zu arbeiten und während der Zeit ganz mein Gast zu sein. Und wenn Sie mir eine Freude bereiten wollen, so beginnen Sie sogleich. Uebrigens werde ich Ihnen zeitweise behilflich sein und Ihnen die Kunst des Blumenstickens ablauschen.

Hortense (heiter). O, dagegen habe ich nichts einzuwenden. Doch Sie gestatten, gnädige Frau (sie erhebt sich), ich muß vorher noch einmal heimgehen.

Isabella. Haben Sie Ihre Wohnung nicht verschlossen?

Hortense. Das wohl. Auch ist bei mir nicht viel zu stehlen.

Isabella. Sie armes Kind! Blanche sagte mir, daß Sie mit des Lebens Noth recht viel zu kämpfen haben. Leben Ihre Eltern noch?

Hortense (traurig). Ich habe meine Mutter und meinen Vater nicht gekannt. — Die Mutter nur dem Bilde nach; sie soll in London gestorben sein.

Isabella. Es ist sehr traurig, wenn man eine Mutter so früh verliert.

Hortense. Ja, sehr traurig, gnädige Frau. Mein Leben war freudenlos und öde. Fremde Menschen haben mich erzogen. Das Einzige, was mich an meine Mutter erinnert, ist dies Armband mit ihrem Bilde.

Isabella (das Armband betrachtend). Wie wunderschön, wie süß ist dies Frauenantlitz! Und das Armband — dieser funkelnde Diamant — diese Sterne —?

Hortenſe. Diamanten und Sterne bedeuten oft Thränen. Auch meiner ſeligen Mutter wird dies Armband wohl Thränen gekoſtet haben.

Iſabella (warm). Vergeben Sie mir, theures Fräulein, daß ich ſchmerzliche Erinnerungen erweckte. — Kommen Sie auf den Balcon, da wollen wir zuſammen ſchaffen und plaudern — und die trüben Gedanken vergeſſen. Ich werde uns Kaffee beſtellen! Nehmen Sie Platz. (Zu Blanche.) Blanche, hole uns Kaffee herauf! — Aber warte 'mal, ich will mit= kommen. (Zu Hortenſe.) Sie geſtatten eine kleine Weile, bald bin ich wieder hier. (Mit Blanche ab.)

Hortenſe (allein; aufſpringend, erregt.) Mein Gott, nun bin ich mit Raimund in einem Hauſe zuſammen! Wenn er doch nur wüßte, daß ich hier weile! — Er wollte dem Herrn Banquier von unſerer Verlobung Kenntniß geben. Ob er's ſchon gethan haben mag? — Wie raſch mir das Herz pocht; es iſt ſehr unheimlich in einem ſo feinen Zimmer. Alles ſo kalt, ſo polirt, ſo ungemüthlich. Da iſt mein trautes Manſardenſtübchen doch unendlich ſchöner. (Glücklich.) Und die junge, gnädige Frau iſt ſo lieb und gut. Und 300 Francs verdiene ich an dieſem Teppich? Wie angenehm kommt mir dies Geld. Wie viel Wirthſchaftsſachen kann ich davon an= ſchaffen! (In unterdrückter Freude.) Vielleicht ſteigt auch Raimund im Gehalte, wenn er mit mir verheiratet iſt. Himmel, ich kann den ſeligen Gedanken gar nicht faſſen: in vier Wochen ſchon junge Frau zu ſein. Und wie ich nur als junge Frau ausſchauen mag? Ach, (klatſcht fröhlich in die Hände) eine junge Frau ſchaut immer reizend aus, denn in der permanenten Liebesneckerei muß ſie täglich mindeſtens ſiebzehn Mal erröthen — und dies ſchuldbewußte Erröthen macht die jungen Frauen eben ſo furchtbar intereſſant. — Ja, und wie ich mich am Tage nach der Hochzeit kleiden werde: (vor den Spiegel tretend, wie im Geiſte ihren Anblick ſich ausmalend, mit halber Stimme, halb jauchzend, für ſich) Hier oben (macht eine Fingerbewegung um den Kopf) recht locker aufgeſtecktes Haar und ein neckiſches weißes Morgenhäubchen. Hier herum eine blendend weiße Morgenjacke mit gelben Spitzen, was ſo ſchwärmeriſch=ſanguiniſch ausſchaut. — Hier unten herum ein weißes, ganz weiches, hingehauchtes Morgenkleid, ebenfalls mit Spitzen, aber mit rothen, was

wiederum so schmachtend ausschauen soll. Und dann Strümpfe?
(Sie setzt rasch den linken Fuß auf einen Sessel, rafft das Kleid bis
zum Strumpfbande, stützt das Kinn in die linke Hand und betrachtet
sinnend ihren Strumpf.) Hm! Hm! — Was thue ich mit den
Strümpfen? Weiße, wie ich sie jetzt anhabe, sind nicht fein
genug. Ha! nun weiß ich's: Theaterstrümpfe kaufe ich
mir, rothseidene, wie sie die Schauspielerinnen tragen,
25 Centime das Paar! Da soll mein Herr Gemahl gucken!
Zum Schluß: ein Paar sammt'ne Pantöffelchen, mit welchen
man so leicht huschen kann wie ein Kätzchen. Nun auf der
Tablette den guten Erstlingskaffee — lautlos in's Zimmer
tretend: „Guten Morgen, süßes Männchen! Angenehm
geruht?" — Den Kaffee auf den Tisch stellend, dem zucker=
herzigen Ehemann in die Arme fliegend und an's Herz
drückend und küssend, daß ihm der Athem vergeht, — sich auf
sein Knie setzend, ihm das Goscherl reichend und bettelnd:
„Nun küß' Du mich doch einmal". (Mit einem jubelnden
Seufzer die Hände zusammenschlagend.) Ach! So stelle ich
mir eine junge Frau nach der Brautnacht vor — und das
muß einfach zum Närrischwerden hübsch sein. Ja, ich will
meinen Raimund nicht nur lieben, nein, anbeten werde ich
ihn, wie sein gutes Herz es verdient. — Doch nun an die
Arbeit und die Zehnfrancsblätter in Angriff genommen, sonst
komme ich vor Freude noch ganz aus dem Häuschen. (Sie
setzt sich auf den Balcon.) Ah, hier ist es schön und lieblich.
Und da unten im Garten naht sich auch die gnädige Frau.
(Sie stickt emsig).

Zehnter Auftritt.

Raimund. Hortense. Blanche. Isabella.

Raimund (Geschäftsbücher in der Hand). Sie ist nicht mehr
hier, ich athme auf. (Er legt die Bücher auf den Schreibtisch.)
O, sie ist schön, diese italienische Glutrhose, und sie thut
mir leid, daß ich sie nicht verstehen darf. — Ihre großen,
nachtdunklen Märchenaugen bergen ein seltsames, glühendes
Sehnen. — Es muß berauschend sein, von einem solchen Weibe
geliebt zu werden — in den Armen eines solchen Weibes
könnte man vergessen, daß es einen Tod und ein Verderben
giebt, — ja, ich glaube, unter ihren flammenden Küssen über=

hörte man die Posaunen des Weltgerichts. Und doch schauere ich fast vor einer solchen versengenden Liebe, denn schön ist die Sonne in ihrer Pracht, aber schön ist auch der Mond in seiner beruhigenden Milde. (Er setzt sich an den Schreibtisch, stützt den Kopf in die Hand; sinnend.) Wie ist mir nur zu Muthe? Ach — die Augen mit ihrem süßlodernden Blick — ich kann sie ja nimmer vergessen! (Er erhebt sich mit einer wilden Geberde und bleibt verdeckten Antlitzes stehen.) Nimmer vergessen —

Hortense (die seinen Monolog nicht gehört, lächelnd auf den Fußspitzen heranschleichend und Raimund umarmend.) Raimund!

Raimund (verwirrt, freudig erschreckt). Hortense, Du hier? (Umarmt sie). O, Du mein Lieb, mein herziges süßes Ding, wie kommt Du hierher? Du willst mir doch nicht den eisernen Geldschrank forttragen? (Er seufzt.)

Hortense (glücklich). Ach, mein lieber, lieber Raimund — was wären mir die Millionen Deines Chefs, wenn ich Dich nicht besäße.

Raimund (neckend). So? — Ich denke, daß die jungen Damen von heute lieber eine Million nehmen, als ein treues Männerherz.

Hortense. Wer das thut, der hat noch nie gefühlt, was innige und treue Liebe ist. Wohl soll das Geld glücklich machen. Aber wenn man mir die Wahl ließe zwischen einer Million und Dir (umschlingt ihn), ohne alle Frage wählte ich Dich!

Raimund (heiter). So?! — Das ist ja sehr schmeichel= haft. Ich aber nähme die Million!

Hortense (schmollend). A—h! Da schau, wie gescheidt Du bist! Doch das glaube ich einfach nicht; das Geld kannst Du nicht küssen, aber mich kannst Du alle Tage küssen.

Raimund. Das heißt, wenn ein Bedürfniß vorhanden ist. Bitte, Dein Mündchen!

Hortense. Sagen denn alle Männer, wenn sie die Frauen geärgert haben: „Bitte, Dein Mündchen?"

Raimund (sie küssend). Das sagen alle Männer, Du kleines Fragezeichen.

Hortense (mit den Händen bettelnd). Raimund, Raimund, thu's doch noch einmal. (Er küßt sie zweimal und sie sinkt seufzend auf das Sopha). Ach, ich danke Dir. — (Matt, drollig). Nicht

wahr, nur ein männlicher Kuß schmeckt so furchtbar
himmlisch schön?

Raimund (lachend, sich zu ihr setzend und den Arm um sie
legend.) Freilich, Du mußt es ja wissen. — Doch nun laß'
uns einmal vernünftig sprechen.

Hortense (sich an seine Schulter lehnend, leise, verwundert).
Vernünftig mit Dir sprechen? O weh', das ist eine schwere Sach'.

Raimund. Aber ich kann Dich doch den ganzen Tag
nicht küssen!

Hortense (in alter Lage, halb für sich, seufzend). Lieber
wäre es mir schon. — (Ihn anschauend.) Mir ist so wunderlich
zu Muthe. Ich möchte etwas haben und weiß nicht was.

Raimund. Warte nur, bis wir verheiratet sind, dann
wirst es schon wissen.

Hortense. Meinst Du? — (Eifrig.) Doch nun höre die
Neuigkeit: Denke Dir, ich habe das große Glück, vierzehn
Tage in diesem Hause arbeiten zu dürfen und Dir so nahe
zu sein. Und dann das Allerschönste: Für die Ausbesserung
dieses Teppichs erhalte ich — rathe 'mal.

Raimund. Zehn Francs.

Hortense (triumphirend). Dreihundert Francs!

Raimund. Was? — Dreihundert?

Hortense. Ja, ja — bestimmt ausgemacht, dreihundert
Francs. Was kann ich da nicht Alles für unseren zukünftigen
Hausstand kaufen! — Zuerst bekommst Du eine lange Pfeife
mit so langen (zeigt) Troddeln d'ran; dann eine Tabakskiste
und ein Paar Pantoffel — und ich weiß es auch schon, wie
ich als junge Frau ausschauen werde. (Sie eilt zum Spiegel
wie Seite 37 halb für sich, glücklich.) Hier oben: aufgestecktes
Haar, neckisches Morgenhäubchen, hier herum: weiße Morgenjacke, gelbe schwärmerisch-sanguinische Spitzen, — hier unten
herum, hingehauchtes Morgenkleid mit schmachtenden Spitzen
und dann ganz unten: (sie rafft ihr Kleid bis zum Strumpfbande, ohne in ihrer Glückseligkeit an Raimund zu denken) rothseidene
Theaterstrümpfe, das Paar fünfundzwanzig Centimes. (Sich
um ihre Axe drehend). Rrrrr! Das wäre der Anzug! Dann
Kaffee in's Zimmer tragend. — süßes Zuckermännchen —
an's Herz drückend — Athem aus — sich auf sein Knie
setzend — ihm das Goscherl reichend und — —

Raimund (lachend, sie unterbrechend). Aber Mädchen, was phantasirst Du da?

Hortense (zu ihm eilend, sich auf sein Knie setzend, in Ekstase). Ach, das muß einfach zum Närrischwerden hübsch sein! (Klatscht fröhlich in die Hände und drückt Raimund's Kopf an ihre Brust.) Glaubst Du nicht —?

Raimund (ihr an die Stirne tippend). Bist Du vielleicht ein wenig aus der Façon gerathen?

Hortense. Lieber, lieber Herzensmann: Hast Du unsere Verlobung dem Herrn Banquier schon mitgetheilt?

Raimund. Nein, mein Kind. Und das ist auch gut. Denn unter diesen Umständen dürftest Du hier nicht arbeiten und die dreihundert Francs gingen Dir verloren. Wenn Du fertig bist, ist's noch Zeit. Bis dahin wollen wir in Gegenwart der Herrschaften uns als Fremde betrachten.

Hortense. Du hast recht. Diese Heimlichkeit wird himmlisch sein. (Plötzlich:) Schaue mich 'mal an: Wie gefällt Dir die gnädige junge Frau?! Sei aber ehrlich!

Raimund (halb verlegen-gleichgiltig). Sie ist recht nett —

Hortense. Gott sei Dank — sie hat Dich noch nicht behext. Aber mich desto mehr. Und wenn ich ein Mann wäre, ich entführte sie bis zu dem Lande, wo die Pomeranzen blühen. (Sie springt von Raimund's Knie.) Ich höre Schritte — man kommt. Rasch noch einen Adekuß — eins — zwei — drei — (Sie eilt zum Balcon, während Raimund sich zum Schreibtisch setzt.)

Blanche (eintretend). Da bringe ich noch grüne Seide zu den Blumen, Fräulein Hortense. Die gnädige Frau kommt gleich nach. Ich muß ihre Malsachen hierhertragen. (Ab.)

Hortense (per distance). Du, Raimund — ich möchte es 'mal gerne wissen, was Eifersucht ist.

Raimund (sich auf seinem Sitz umwendend). Dazu könntest Du bald Gelegenheit haben. Pst! Die Madame naht sich. Gieb Acht, daß Du Dich nicht verplauderst.

Isabella (gefolgt von Blanche, die einen Malkasten trägt, denselben auf einen Stuhl stellt und abgeht). Verzeihen Sie, Herr Marian, daß ich Ihr Arbeitszimmer zum Nähzimmer und Maleratelier umkehre. Nur heute muß ich Sie stören, denn im ganzen Hause ist's so düster und einsam — und gerade hier hat man die herrlichste Aussicht. Doch gestatten Sie, daß ich Sie mit dieser jungen Dame bekannt mache: Fräulein Hortense Renier — Herr Raimund Marsan. (Hortense und Raimund verneigen sich höflich-ernst.) Fräulein Hortense und ich werden uns ganz ruhig verhalten, damit Sie sich in den großen Büchern nicht verirren.

Raimund. O bitte, gnädige Frau, die Anwesenheit der Damen wird mich nur beglücken. Wo Engel weilen, ist das Glück nicht ferne.

Isabella. Sehr liebenswürdig. (Heiter.) Fräulein Hortense — ich warne Sie vor diesem Herrn: er kann schmeicheln! (Sie stellt einen Sessel von dem Schreibsecretär rechts etwas nach links in die Scene, nimmt den Malkasten auf den Schooß, öffnet ihn und spannt eine Leinwand auf.)

Hortense (hinter Isabella's Rücken Raimund drohend). Ja, ja, er kann schmeicheln, der gestrenge Herr Cassier.

Isabella. Herr Marsan, was ist hier im nächsten Umkreise das Schönste? Ich möchte etwas skizziren.

Raimund. Wenn Sie dort die Baumgruppe mit dem Fischerhäuschen dergestalt aufnehmen, daß der Strom zwischen den Baumstämmen durchschimmert, so dürfte das ein schönes Bild werden.

Isabella. Sehr richtig. Aber das wäre nur ein Landschaftsbild wie tausend andere, ohne tieferen Reiz. Ich habe jedoch ein anderes Modell gefunden, das ich mit Vergnügen zeichnen möchte. Herr Marsan, gestatten Sie mir eine Frage: Sind Sie Damenwünschen gegenüber stets höflich?

Raimund. Das ist meine einzige Tugend.

Isabella. Gut. Wollen Sie mir im Voraus die Erfüllung eines Wunsches versprechen?

Raimund (zögernd). Das ist eine kritische Sache. Doch es sei! Ich verspreche es!

Isabella (glücklich). Gefangen, gefangen! Kommen Sie her, Fräulein Hortense, nun haben wir die Macht, diesen Herrn ein wenig zu quälen. Herr Marsan, wollen Sie gefälligst auf dem Sopha Platz nehmen? (Geschieht.) Danke sehr. Bitte, Fräulein Hortense, treten Sie hinter meinen Stuhl. Und nun, Herr Marsan, haben Sie die Güte, mir auf fünf Minuten Ihr Antlitz zuzuwenden; ich werde Ihr Conterfei entwerfen.

Raimund (sich erhebend). Aber als Modell dürfte ich Ihnen doch ungenügend sein!

Isabella (in ruhiger Heiterkeit). Sie genügen mir. Allons! Ich habe Ihr Wort. Wenn Sie nicht stille sitzen, lasse ich Ihren Kopf durch Fräulein Hortense festhalten und das könnte Ihnen vielleicht unangenehm sein.

Hortense (auf Raimund zueilend und von hinten seinen Kopf festhaltend). O, das ist ihm gar nicht unangenehm!

Raimund (launig). Nein, nein, ich ergebe mich in mein Schicksal

Isabella (zeichnend, heiter). Das ist auch Ihr Glück. Fräulein Hortense, bitte, kommen Sie heraus aus der gefährlichen Nähe. (Geschieht. Leise:) So rasch greift man einem fremden Herrn nicht in die Haare! (Laut.) Treten Sie mir zur Seite; ich gebrauche Zuschauer. (Zeichnend.) In meiner schönen Heimat waren gewöhnlich kleine Hirtenbuben die Bewunderer meiner Kunst, die mir dann freilich oft Hut und Sonnenschirm fortstahlen. — Sehen Sie, Fräulein, diese freie Denkerstirne, diese glücklichen Augen, die soeben wie in neckischer Zärtlichkeit aufblitzen — — diese —

Hortense (zu Raimund laufend, sich vor ihm hinstellend, beide Hände auf ihre Knie gestützt, vorgebeugt). — Die muß ich mir ganz nahe anschauen. — (Zurückkehrend.) Ja — etwas sind seine Augen in neckischer Zärtlichkeit aufgeblitzt —

Isabella. Nicht so oft desertiren, mein Fräulein! (Weiter zeichnend und die Skizze erklärend.) Diese edel geschwungenen Augenbrauen, diese —

Raimund (seufzend). Sind die fünf Minuten noch nicht herum?

Isabella. Bewahre. Nur sitzen geblieben, sprödes Modell! (Weiterzeichnend.) Dieser stolze Männermund — — —

Hortense (zu Raimund eilend; wie zuvor). Den muß ich mir ganz genau anschauen. (Zurückkehrend.) Jawohl, er hat einen stolzen Männermund und auch einen stolzen Männerschnurrbart dazu!

Isabella. Müssen Sie denn Alles so speciell untersuchen? (Weiterzeichnend.) Dieser kräftige schlanke Hals —

Hortense. Den muß ich mir ganz genau —

Isabella (sie leicht am Kleide zurückziehend). Halt! Verbotener Weg, mein Fräulein!

Raimund (lachend auffspringend). Das ist ein unheimliches Modellfitzen, wenn zwei paar Frauenaugen das ganze Signalement aufnehmen.

Isabella. Nur noch ein paar Striche. (Sich erhebend.) So, nun schauen Sie, frommer Ungläubiger. Der Umriß Ihrer Züge ist fertig. Erkennen Sie sich?

Raimund. So können doch nur schöne Frauen schmeicheln.

Hortense (die Skizze nehmend). Ich finde den Herrn sehr gut getroffen. (Halb für sich.) Diese hohe Denkerstirne — diese neckischen Zärtlichkeitsaugen, diesen schnurrbarttragenden stolzen Männermund, diesen kräftigen Schwanenhals und so weiter. (Zu Raimund.) Sie sind einfach r e i z e n d, mein Herr.

Isabella (ihr das Bild abnehmend). Pst! — so deutlich darf man einen fremden Herrn nicht loben.

Raimund. Meine gnädigen Damen, erlauben Sie, ich habe einen S p i e g e l.

Isabella. Und mein Urtheil beugt sich keiner Macht der Welt. (Sie tritt zum Schreibtisch rechts, den Anderen den Rücken kehrend und betrachtet sinnend die Skizze.)

Hortense (heimlich, leise). Bitte, Dein Mündchen! Nur ein e i n z i g e s Mal noch —

Raimund (mit einem Blick auf Isabella, sich küssen lassend). Pst! Pst!

Isabella (aus ihrem Insichversunkensein auffahrend). Fräulein Hortense, würden Sie vielleicht so freundlich sein und mir einen neuen Zeichenbogen kaufen?

Hortense (das Geld nehmend). Gewiß, gnädige Frau — ich bin gleich wieder zurück. (Mit einem schelmischen Blick auf Raimund, rasch ab.)

Isabella (einen Augenblick mit sich kämpfend; dann die Skizze auf den Tisch legend, veränderten, forschenden Tones und mit einer Handbewegung Raimund einladend, in der linken Sophaecke Platz zu nehmen). Wissen Sie, Herr Marsan, w a r u m ich Ihr Bild zeichnete —?

Raimund. Leider nein.

Isabella. A h n e n Sie auch nicht den Grund? (Sie setzt sich in die rechte Sophaecke.)

Raimund. Ich möchte diese Frage unbeantwortet lassen.

Isabella. Dann beantworten Sie mir wenigstens die Frage von vorhin, als der Kammerdiener uns störte: Haben Sie schon jemals ein Weib geliebt?

Raimund (zögernd und dann zu einer Ausflucht greifend, betonend). Ein Weib? Nein.

Isabella (für sich). Gott, ich danke Dir. (Laut.) Wenn Sie noch nie ein Weib geliebt, dann sind Sie noch glücklich, dann wissen Sie noch nicht, wie heimliche Liebe brennt, wie wehe und zugleich unsagbar süß heimliche Liebe thut. — Aber ich kenne ein junges, mädchenhaftes Weib, das diese brennenden süßen Qualen empfindet und dabei vergebens gegen Pflicht und Sitte kämpft. Dies junge Weib ist seit einem Jahre an einen alten, gehaßten Mann gekettet, der es mit Eifersucht martert und quält. — Wohl hat sich das reiche unglückliche Weib bemüht, sein trauriges Schicksal mit Geduld und Ergebung zu tragen — und versucht, in den rauschenden Freuden, in den goldenen Sälen von Roma und Vinetia sein Verlangen nach dem höchsten Erdenglück, nach Liebe zu betäuben. — Vergebliches Bemühen; es war nur Komödie: die Sinne wurden nur berauscht und das Herz blieb leer. — Und wenn dann die flimmernden Kerzen verlöscht, dann suchte der traurige Blick des jungen Weibes den nächtlichen Sternenhimmel — ihr Herz schrie nach Liebe — und ihre Seele schmachtete nach einer Seele, welche sie verstehen sollte. — Und nun hat das junge Weib eine solche Seele gefunden. Sie athmet mit durstigen Zügen die märchenhafte, süße Liebesluft ein, sie schlürft mit den heißen verlangenden Augen das Glanzgefunkel ihrer neuen Lebenssonne, sie begehrt — sie liebt! Von dieser wahren Liebe erfaßt, hat das junge Weib keinen eigenen Willen mehr. Sie gehorcht ihrem stürmischen Herzen wie der zuckende Blitz am gewitterschwarzen Firmament der Hand des Höchsten: sie liebt! — (Aufathmend, angstvoll.) Raimund Marian, was würden Sie sagen, wenn dies junge unglückliche Weib vor Sie hinträte, wenn es mit feuchten Augen und bebenden Lippen flehte: Raimund, errette mich vor dem lebendigen Tode — ziehe mich an Deine Brust und versuche, mich zu lieben — küsse mit Deinem warmen Munde die Angsttropfen von meiner Stirne — ich will's Dir auf den Knieen danken. — Habe Erbarmen, Raimund, Erbarmen: Ich kann ohne Deine

Gegenliebe nicht weiterleben. — O liebe mich aus Mitleid, bis Du mich Deiner für werth erachtest. — Raimund — hier auf den Knieen (sie sinkt nieder) flehe ich zu Dir: Erhöre mich — erhöre oder tödte mich! (Sich erhebend, Raimund's Hände einen Augenblick ergreifend, dann ihren Platz einnehmend; angstvollen, halberstickten Tones.) Was würden Sie dem jungen Weibe sagen, Raimund Marsan?

Raimund. Gnädige Frau — Ihre Worte haben mich erschüttert. Doch vor meinen Augen schwebt ein Ideal: ein Mädchenbild, rein und keusch, wie eine am Maienmorgen erblühte Rose. (Ernst, doch weich.) Das Mädchen, das ich liebe, das Mädchen, das mich liebt, darf von der Hand eines anderen Mannes noch nicht berührt sein, darf den Mund zum Kusse einem anderen Manne noch nicht geboten, darf einem anderen Manne von Liebe noch nie gesprochen haben. Unberührt, unentweiht muß es vor mir stehen, dann — dann gehört ihm auch mein Herz mit jedem Athemzuge. — — Und wenn jenes junge, unglückliche Weib vor mich hinträte, so könnte ich ihm doch nur die erbarmungslose Antwort entgegenschleudern: Ein Weib, das am heiligen Traualtar nicht Das ausspricht, was es fühlt, ist eine elende Lügnerin!

Isabella (sich erhebend und die Hände vor das Antlitz pressend). Verurtheilt — und unverstanden — O mein Gott, ich ertrage die Qual dieser Liebe nicht mehr.

Raimund. Ich beschwöre Sie, seien Sie Herrin Ihrer Leidenschaft.

Isabella (ihn traurig anschauend). Leidenschaft sagen Sie —? — Können Sie der Frühlingssonne verbieten, daß sie die Blumen zum Leben erweckt? Können Sie der Nachtigall verbieten, daß sie sehnsuchtsvolle Lieder singt — und dem dürstenden Hirsch, wenn er nach Wasser schreit? (Leise.) Nein, Sie können es nicht. — Und so vermögen Sie ein Menschen- herz auch nicht zum Schweigen zu bringen in seinem Glück und in seinem Leid. — Vergeben Sie mir, Herr Marsan — ich werde versuchen, ruhiger zu sein —

Hortense (rasch eintretend, ernst). Ich bringe die Zeichen- bögen, gnädige Frau. Aber was mußte ich rasch springen: ein Herr verfolgte mich bis in's Haus! „Schönes Mädchen, reizendes Kind!" rief er mir nach.

Isabella (sich sammelnd). Freundlichen Dank für die Mühe. Also schon ein Abenteuer durchgemacht?

Hortense. Bitte —: Es war ein alter Herr und bald hätte er mich erhascht. (Zur Thür zeigend). Das ist er! (Sie geht auf den Balcon.)

Elfter Auftritt.
Harcourt. Die Vorigen.

Harcourt (heiter). Ei — was muß ich sehen? Mein Privatcabinet zum Maleratelier eingerichtet? Das freut mich. — Liebes Weibchen, Du thätest mir einen großen Gefallen, wenn Du einmal meinen Wolfshund Nero auf die Leinwand brächtest. Ich liebe diese Bestie so außerordentlich, wie die schönen bissigen Frauen — und ich würde Dir Deine Arbeit fürstlich honoriren. (Isabella wendet sich verachtungsvoll ab.) Wie —? Du willst nicht? Haha! Nun gut, ich füge mich Deinen rosigen Launen. Aber gestatte, daß ich Dir Aufklärung gebe über den unverhofften Besuch der kleinen Kunstreiterin Lola Barton — (sich verbessernd) der Frau Baronin von Barton. Das war ein Teufelsmädel — äh, wollte sagen: Teufelsweib — ein schneidiges couragirtes Ding, nicht wahr? Hat mir schon viele Tausende abgeschmeichelt. (Hortense erblickend.) Was ist denn das? — Wer sind denn Sie, mein schönes Kind?

Isabella (kühl). Die junge Dame bessert den Teppich aus.

Harcourt (durch das Monocle Hortense dreist firirend). Das ist mir äußerst angenehm. Junge, hübsche Mädchen schmücken das Zimmer wie erblühte Rosen. Aeußerst, wirklich äußerst angenehm.

Isabella. Mir würde es angenehm sein, mein Herr Gemahl, wenn ich eine halbe Stunde in den Park gehen könnte. Ich fühle mich angegriffen.

Harcourt (der noch immer Hortense betrachtet). Bitte, tausendmal, recht gern. Darf ich um Deinen Arm bitten? Doch nein, Verzeihung, ich habe einen dringenden Brief zu erledigen. (Zu dem am Schreibtisch arbeitenden Raimund.) Lieber Herr Marsan, meine Gemahlin hat Kopfweh und will in den Park spazieren gehen. Bitte, haben Sie die Güte, sie zu führen. (Er drängt Marsan zu Isabella hin, dabei auf Hortense

verlangende Blicke werfend.) Zeigen Sie ihr meine ganze Be=
sitzung, das Gewächshaus, den Wintergarten. — Es ist Dir
doch nicht unlieb, Isabella, daß Herr Marsan Dich führen
soll? Er hat mehr Zeit und Kunstverständniß als ich. In
einer halben Stunde komme ich nach. Bitte, Herr Marsan,
geben Sie meiner Frau den Arm. (Er nimmt rechts am Schreib=
secretär Platz.)

Isabella. Ja, führen Sie mich, Herr Marsan. (Zu
Hortense, die arbeitend auf dem Balcon bleibt.) Auf Wiedersehen
in einer halben Stunde.

Hortense (mit der Hand grüßend). Auf Wiedersehen,
gnädige Frau und Herr Marsan.

Raimund (zu Isabella). Dürfte Fräulein Hortense uns
begleiten?

Harcourt (eifrig, aufstehend). Bewahre, bewahre; ich
schenke Ihnen volles Vertrauen. Die junge Dame kann ruhig
hier bleiben; wir werden uns gegenseits nicht stören. (Zur
Thür tretend.) Bitte, meine Herrschaften, gehen Sie nur —
und gute Erholung, liebe Frau! (Isabella und Raimund ab.)
Gott sei Dank, sie sind fort. (Vergnügt in der Mitte des
Zimmers stehenbleibend und einen Augenblick die stickende Hortense
betrachtend, für sich.) Ich werde mich hüten, noch einmal in
Gegenwart meiner Frau mit hübschen Mädchen zu sprechen.
Dieses reizende Ding ist noch viel verführerischer, als die
kleine Kunstreiterin. Allons! „Im Wechsel der Verhältnisse
liegt der Reiz des Lebens". Versuchen wir unser gewohntes
Glück. (Zu Hortense tretend, einen Sessel herbeiziehend, freundlich.)
Wenn ich nicht irre, mein schönes Fräulein, habe ich Ihre
hübschen Augen schon einmal gesehen. Nicht wahr?

Hortense (sichtbar geschmeichelt und, weil der Banquier der
Chef ihres Bräutigams Marsan ist, hoffnungsvoll entgegenkommend.)
Ach, gnädiger Herr, Sie müssen nicht so sprechen; ein armes
Mädchen ist Schmeicheleien nicht gewöhnt. Aber es kann
schon möglich sein, daß Sie mich getroffen.

Harcourt (lachend). Haha! — Jawohl, vor zehn
Minuten unten an der Hausthür. Wie ungalant Sie zu
mir waren, nicht einmal einen Blick habe ich von Ihnen
bekommen, Sie kleine Spröde. (Berührt leicht ihr Kinn.) Wo
wohnen Sie denn eigentlich, mein Herzliebchen?

Hortense. Gar nicht weit von hier, rue Montmartre 156.

Harcourt. Wie, so nahe meinem Hause? Leben Ihre werthen Eltern noch?

Hortense (traurig). Nein, gnädiger Herr.

Harcourt. Haben Sie Geschwister oder sonstige Verwandte?

Hortense. Ich stehe ganz allein auf der Welt.

Harcourt (bedauernd, listig). Und Sie sind arm, müssen schwer arbeiten und wohl auch manchmal Noth leiden? Aber wozu sind Sie arm, warum arbeiten Sie so schwer und warum leiden Sie Noth? Sie können einen anderen Stand als den einer Stickerin einnehmen, Sie haben Hunderttausende allein in Ihrem Antlitz, in Ihren Augen liegen. Warum machen Sie Ihre Schönheit nicht zu Geld? Die Männer würden bewundernd zu Ihren Füßen liegen, Sie anbeten. — Ja, ja, mein liebes Kind, die Welt hat tausend Freuden, von welchen Sie noch keine Ahnung besitzen. Doch Sie dürfen nur die Hand darnach ausstrecken und Alles ist Ihr Eigen.

Hortense (im Arbeiten). Sie malen mir schöne Bilder vor, gnädiger Herr, und ich möchte auch gerne von den Herrlichkeiten dieser Welt einen kleinen Theil für mich haben. Aber Sie sehen, ich bin ein armes, einfaches Mädchen, welches das Leben nicht kennt, nicht weiß, wo die goldene Pforte zum Glück zu finden ist. — Doch ich bin noch nicht ganz unglücklich gewesen, die stete Arbeit nahm mir die trüben Gedanken — und wenn ich Abends die Nadel niederlegte und berechnete, daß ich tagüber bei vierzehnstündiger Arbeitszeit zwei und einen halben Francs verdient hatte, dann suchte ich, wenn auch mit schmerzenden Augen, doch froh mein Lager auf und dankte im stillen Nachtgebete dem lieben Herrgott da oben für seine mir erwiesene Güte und Vatersorge.

Harcourt (sich gegen den Eindruck ihrer Worte wehrend). Bei vierzehn Stunden Arbeitszeit nur zweieinhalb Francs Verdienst? Das ist ein elender Lohn. So viel gebe ich meinem geringsten Stalljungen.

Hortense. Ich bin zufrieden, Herr, und seitdem ich verlobt bin, auch recht glücklich.

Harcourt (gedehnt). Sie sind verlobt? Und mit wem, wenn ich fragen darf?

Hortense. Ach Herr, das möchte ich noch nicht sagen, denn unsere Verlobung ist noch keine öffentliche. Aber mein Bräutigam gedenkt in vier Wochen mit mir zum Altar zu treten.

Harcourt. Und welch' einen Stand nimmt Ihr Bräutigam ein? Wie viel Gehalt hat er?

Hortense. Zweitausend Francs jährlich.

Harcourt. Und mit dieser kleinen Summe wagen Sie an eine Heirat zu denken? Nein, das dürfen Sie nicht. Warten Sie noch ein Jahr, beschaffen Sie sich eine Mitgift von fünfzigtausend Francs und dann heiraten Sie.

Hortense. Aber, gnädiger Herr, wie soll ich zu fünfzigtausend Francs kommen?

Harcourt. Das ist sehr leicht. Den Weg habe ich Ihnen bereits gezeigt. Schon manch' ein Mädchen hat über größere Summen verfügt. Ich sagte Ihnen, daß Sie schön sind. — Gestatten Sie, daß ich Ihnen recht tief in die Augen schaue: Sie sind nicht nur schön, sondern bezaubernd. Was sind bei solchen Reizen elende fünfzigtausend Francs? In drei Tagen, nein, in einer Stunde haben Sie diese Summe beisammen, wenn — ja, wenn Sie nur wollen.

Hortense (halb ängstlich, halb geschmeichelt, neugierig). O Herr, Sie scherzen, es ist ja ganz unmöglich, was Sie mir da sagen. — Gewiß, reich möchte ich werden, um mit dem Gelde meinen geliebten Bräutigam glücklich zu machen. Aber fünfzigtausend Francs! Mein Gott — ich bin ja nur ein Mädchen.

Harcourt (langsam, leise, raunend). Eben, weil Sie ein Mädchen sind. — Ein schönes Mädchen ist manchem reichen Manne mehr, als der strahlendste Diamant. Ich will Ihnen den Grundstein zum Reichthum legen. Sehen Sie diese Börse — sie enthält fünftausend Francs und in dieser Brief=tasche (zählt) sehen Sie — sind noch zwanzigtausend Francs in Banknoten. Diese fünfundzwanzigtausend Francs, also die Hälfte der von mir angedeuteten Mitgift, will ich Ihnen auf der Stelle schenken, wenn Sie mir dafür einen kleinen Gefallen erweisen. Wollen Sie?

Hortense. Fünfundzwanzigtausend Francs für einen kleinen Gefallen? Herr Banquier — Sie reden irre — Ich fasse das nicht.

Harcourt. Ich spreche im vollen Ernste. (Geschäftsmäßig.) Mein Baarvermögen beträgt über zehn Millionen Francs; das sind jährlich eine halbe Million Zinsen. Da sehe ich's auf fünfundzwanzigtausend Francs nicht an, wenn ich mir ein Vergnügen bereiten will. (Zärtlich.) Nehmen Sie das Geld — nehmen Sie es — und reichen Sie mir dafür nur einmal den Mund zum Kusse. (Er will sie umarmen.)

Hortense (aufspringend, zornig). Mein Herr — Sie sind verheiratet — und ich bin Braut!

Harcourt (laut lachend, sich zur Ruhe zwingend). Haha — was thut das, mein schönes Kind? Glauben Sie, es haben verheiratete Männer noch niemals junge Damen oder verlobte Bräute geküßt? Haha — Sie kleine Thörin. Fragen Sie die Herren Ehemänner auf Ehre und Gewissen, ob sie alle die gelobte Gattentreue so strenge wahren, fragen Sie auch manche verheiratete Dame, ob sie noch nie einen außerehelichen, das heißt anderen Gedanken gehabt, und Sie werden meinen Wunsch nicht so sehr gewagt finden. O, ich kenne die Welt; sie hat viele Entschuldigungen für reiche Leute und für manche picante Sünden. Ihr Herr Bräutigam und meine Frau brauchen von meiner bescheidenen Bitte durchaus nichts zu wissen.

Hortense (sich setzend, halb besänftigt). Aber ich bin ein ehrliches Mädchen, Herr!

Harcourt. Das sehe ich Ihnen an — und deshalb stellte ich Ihnen auch meinen Wunsch. Sie schenken mir einen Kuß und ich schenke Ihnen fünfundzwanzigtausend Francs. Das ist ein ganz ehrlicher Handel. Ich kann die fünfundzwanzigtausend Francs sehr leicht entbehren und Ihre Ehre wird durch die Gewährung eines Kusses auch nicht verletzt. Was ist überhaupt Ehre? Können Sie mir diesen Begriff definiren? Nein, Sie können es nicht. Ich will's Ihnen aber sagen. Das Wort „Ehre" ist extra für die Dummen erfunden worden. Durch das Wörtchen „Ehre" halten die klugen Menschen die dummen Menschen im Zaum. Hätte ich in meinem Leben so viel auf „Ehre" gehalten, so wäre ich nicht zehnfacher Millionär geworden. A—h, mein holdes Fräulein, Gold ist Ehre und für viel Gold wird auch mancher Schurke zum ehrlichen Mann gemacht. Die klugen Menschen lassen sich ihre Dienste, ihre oft fragwürdige und

4*

der Welt nicht Nutzen bringende Weisheit mit viel Gold bezahlen, oft mit zehntausend bis vierzigtausend Francs jährlich und noch mehr; und die dummen Menschen beten jene großen Narren an und arbeiten stupide für Kupfer= münzen. Warum wollen Sie nicht klug sein und das Glück erhaschen, wenn es Ihnen so nahe kommt? Sie fürchten die anerzogene Moral? — Pah! — Von heute über hundert Jahren ist Alles, was auf der Welt kreucht und fleucht, der Bettler und der König, der Pfaffe und der Lebemann Staub und Asche; die Hunde tanzen auf unseren Gräbern und die Ochsen fressen das Gras davon. So philosophire ich, wenn ich meine Millionen zähle. Genieße den Augenblick, ist meine Parole. Doch Sie verstehen mich nicht; deswegen will ich Sie nur bitten, ein kluges Mädchen zu sein und ebenfalls den Augen= blick zu genießen. Schauen Sie, ich meine es gut mit Ihnen — ich schwöre es, daß ich nichts Unnatürliches von Ihnen ver= langen werde. Wenn Sie mich ein wenig freundlich behandeln, kaufe ich Ihnen eine Villa, fern von Paris, in welcher Sie tagüber zum Vergnügen so viel Veilchen und Rosen sticken können, als es Ihnen beliebt. Ich besuche Sie dann jeden Abend, plaudere mit Ihnen, bringe Ihnen schöne Blumen, Bücher, goldene Armbänder, schöne Kleider und dergleichen mit und kaufe Ihnen Ihre fertigen Arbeiten zu fürstlichen Preisen ab. Sie werden sehen, in drei Monaten haben Sie die fünfzigtausend Francs Mitgift beisammen, können ohne Sorgen Ihren Herrn Bräutigam heiraten und keine Menschen= seele erfährt unsere kurze Bekanntschaft.

Hortense (das Haupt schüttelnd, gedankenvoll.) Nein Herr, ich verstehe Sie noch immer nicht. Warum wollen Sie mir die Villa kaufen und all' die schönen Sachen bringen?

Harcourt. Das ist doch einfach, mein schönes Kind: Weil Sie mir gefallen, und weil Sie ein so wunderhübsches, unschuldiges Mädchen sind in einer Eigenartigkeit, wie ich noch keines gesehen. Ich liebe die schönen Mädchen über Alles und opfere Ihnen, der Allerschönsten, gern einen Theil meines großen Vermögens.

Hortense (einwerfend.) Aber Sie haben ja eine engel= schöne, junge Frau.

Harcourt. Ich bitte Sie, Sie sind wirklich zu uner= fahren. (In einen väterlichen Ton übergehend, beobachtend.)

Haben Sie denn noch niemals gehört, daß reiche, verheiratete und kinderlose Herren eine Pflegetochter angenommen?

Hortense. Das wohl, Herr. Das kommt in der Welt oft vor.

Harcourt. Nun sehen Sie! Ich will Sie als meine Pflegetochter, als meinen Schützling annehmen, zumal Sie eine vater= und mutterlose Waise sind. — Wenn nun der Pflegevater seiner Pflegetochter ein reiches Geschenk macht — ist es dann eine Sünde, wenn die junge Dame ihm dafür mit einem Kusse dankt?

Hortense (Vertrauen gewinnend, nimmt ein Fußbänkchen unter ihre Füße, wobei ihr Harcourt beispringen will, und legt die Arbeit auf ihren Schooß). In diesem Falle — nein, Herr.

Harcourt. So betrachten Sie sich von dieser Stunde an als meine Pflegetochter und als meine Freundin. Vorläufig schenke ich Ihnen diesen Brillantring, der eine höhere Summe repräsentirt, als Sie in den letzten fünf Jahren verdienten. (Er zieht den Ring von seinem Finger und steckt ihn Hortense artig an.) Und hier sind die fünfundzwanzigtausend Francs. (Rückt seinen Stuhl discret etwas näher und legt ihr die Brieftasche in den Schooß.) Ist das nicht liebevoll von mir?

Hortense (mit gefalteten Händen, gesenkten Blickes). Ja — Herr. —

Harcourt. Das freut mich zu hören. — Und nun denken Sie an die Villa und an alles Andere, das ich Ihnen kaufen will.

Hortense (in rührender, demüthiger Dankbarkeit, fast erschüttert). Ach, Herr, Sie sind sehr gütig und Sie blenden mich fast durch diesen Reichthum. Aber ich kann das Alles noch gar nicht fassen. Ehe ich Ihre Geschenke behalte, will ich doch erst meinen Bräutigam fragen, ob ich Ihre große Güte annehmen darf.

Harcourt (eindringlich). Sie sind eine kleine Thörin. Wer viel fragt, erhält viel Antwort. Ihr Herr Bräutigam wird Ihnen eine Erlaubniß nicht geben, sondern nur Neid und Eifersucht empfinden und sich allerhand Böses dabei denken. (Ueberredend, fast bebend vor verhaltener Leidenschaft ihre Hand ergreifend.) Seien Sie doch klug, sorgen Sie für Ihre Zukunft. Wenn das Leben in Armuth und Noth verbracht wird, hat der Mensch vor dem Thiere nichts voraus. — Ich

bin ein verheirateter Mann, das ist wohl wahr, aber darf
mir nicht ein hübsches Gesicht gefallen? Und darf ich nicht
ein schönes, tugendhaftes Mädchen unterstützen, wenn es arm
ist? Mein Vermögen vergrößert sich von Jahr zu Jahr;
was soll ich mit dem vielen Gelde anfangen? Nehmen Sie
dies kleine Geschenk nur ruhig an und geben Sie mir zum
Dank (umfaßt schnell ihre Taille) den erbetenen Kuß.

Hortense (aufspringend, daß die Brieftasche und die Geld=
börse zur Erde fällt, entsetzt, ruhig abwehrend). Nein, Herr, nein!
Einen Kuß darf ich Ihnen noch nicht geben — und hier haben
Sie auch Ihren Ring zurück. (Sie legt den Ring auf das Näh=
tischchen und tritt von dem Balcon zurück, bis zum Sopha.)

Harcourt (nachgehend, vor ihr stehenbleibend.) Zweifeln
Sie denn an der Aufrichtigkeit meines Anerbietens? Seien
Sie doch nicht so spröde wegen einem Kuß. Es sieht uns
ja Niemand. Kommen Sie her, mein schönes Mädchen, kommen
sie (er hat die zurückweichende Hortense am Arm ergriffen). A—h!
welch' ein weicher, herrlicher Arm! Täubchen, Du sträubst
Dich vergebens.

Hortense (unter seinem Griff bis zum Crucifix taumelnd, wie
vom Blitz getroffen auf die Knie sinkend und die Hände faltend;
sehr laut, angstvoll). Du lieber Gott im Himmel, (Harcourt prallt
zurück) Du lieber Gott im Himmel, führe mich nicht in
Versuchung, sondern erlöse mich von dem Bösen. Amen!
(Auf dem Balcon fällt ein Blumenstock polternd zur Erde.) Dort
ist eine Blume gefallen. (Sie erhebt sich, wankt zum Balcon und
ordnet die Blumen.)

Harcourt (ihr nachblickend, eine Faust auf die Sophalehne
gestützt, zischend). Ha — scheues Menschenkind, auch Du bist
eine Blume und wirst fallen. Aber keine Bedenkzeit will ich
Dir gewähren, nein — Du sollst mir gehören noch in dieser
Stunde. Ich kann durch Jugend und Schönheit ein Mädchen=
herz nicht mehr erringen und dadurch das höchste Glück der
Liebe genießen, aber ich kann es durch Gold. Gold, Gold
ist stärker als Jugend und Schönheit — und mit Gold er=
reiche ich Alles. (Tritt zu Raimund's Schreibtisch.)

Raimund und Isabella (sind bei den letzten Worten Har=
court's: „Aber keine Bedenkzeit" u. s. w. in der Thür rechts erschienen
und bleiben, halb verdeckt von der Portière, stehen). Ruhe,
gnädige Frau —

Hortense (einen Rosenstock mit einer geknickten Blüthe vom Balcon bringend; verschüchtert, wie in Thränen sich dem Banquier nahend). Die schönste Rose ist gebrochen, gnädiger Herr. — Was wird nun Ihre Frau Gemahlin dazu sagen?

Harcourt (in ausbrechender höchster Leidenschaftlichkeit). Was kümmert mich die gebrochene Rose und mein Weib! (Ihre linke Hand ergreifend.) Hortense, Sie sind schön wie die Morgen= sonne, Sie allein sind mein Begehr: — aber Sie machen mich durch Ihre Kälte, durch Ihre Naivetät rasend. Sie ge= währen Ihrem Bräutigam zu jeder Stunde das, was ich Ihnen mit Gold aufwiegen wollte. — Mädchen, hat denn das Gold die größte Gewalt verloren? Sollte es auf der Welt für Gold doch nicht Alles geben?! Ha! Thorheit! Es wäre Wahnsinn, noch an Tugend zu glauben. (Fast fiebernd zum Geldschrank eilend und mehrere Päckchen Banknoten herausreißend.) Hier — hier —: ein=, zwei=, vier=, fünfhunderttausend Francs: eine halbe Million! — — nehmen Sie das Geld (wirft ihr die Banknoten vor die Füße), nehmen Sie es und seien Sie heute Nacht mein Weib! (Er reißt Hortense an seine Brust und auf das Sopha, sinnlos vor Aufregung und Leidenschaft.)

Hortense (den Rosenstock fallen lassend, gellenden Rufes). Hilfe!! — Hilfe!

Raimund (mit einem Zornruf auf Harcourt zustürzend, ihn von Hortense und vom Sopha reißend und nach links schleudernd). Zurück, Du elender Wüstling!

Hortense (zu Raimund's Füßen sinkend). Rette mich —

Harcourt (der neben dem Geldschrank niedergetaumelt war, sich aufraffend und auf Marsan zuschreitend). Ha — Marsan, Sie?! Sie wagten es, mich wegen einer Dirne anzugreifen?! (Beide stehen sich, zornsprühenden Antlitzes, dicht gegenüber.)

Raimund. Sie wollten ein unschuldiges Mädchen, meine Braut zur Dirne machen!

Harcourt. Ihre Braut —? Haha! Ein Frauenzimmer, käuflich wie tausend andere!

Raimund (mit einer Handbewegung Hortense zurückwehrend und auf Harcourt zutretend). Banquier Harcourt — nimm Dies für Deine Schandthat! (Er schlägt ihn mit der geballten Faust in's Gesicht.) Da — noch einmal — und noch einmal.

Harcourt (wankend). Wahnsinniger — Rache! — Rache für diese Schmach!

Isabella. Das war Gerechtigkeit. (Sie eilt zu Hortense, sie an sich ziehend.)

Hortense (zu Raimund hinüberrufend). Dank — Dank —

Isabella. Seine Braut —? O — mein Gott — — (Sie wendet sich von Hortense.)

Raimund (Hortense umschlingend.) Sei beruhigt, mein armes Lieb —

Vorhang fällt.

Zweiter Aufzug.

Isabella Harcourt's Schlafzimmer.

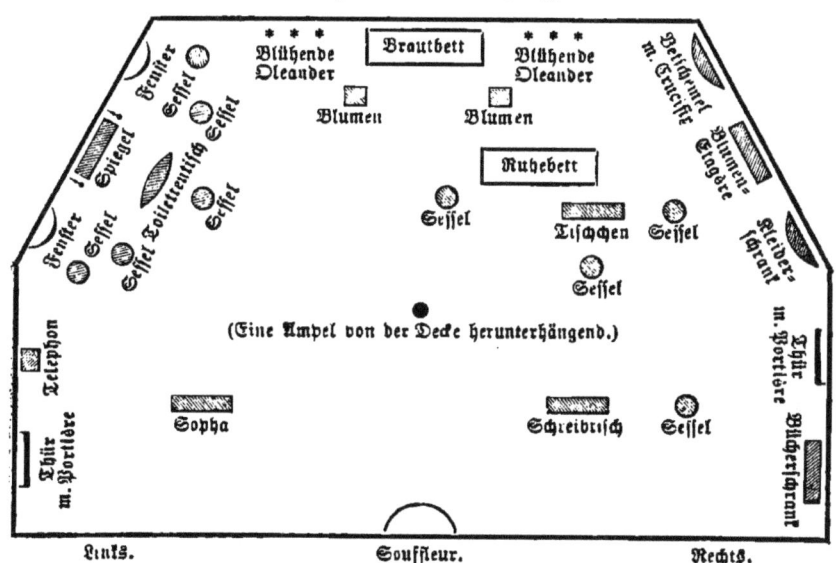

(Isabella Harcourt's Schlafzimmer; vornehm, weich und üppig, nach dem vorstehenden Decorationsplan. Brennender Kron=leuchter mit rosarothen Glocken. Links zwei weißverhängte Fenster, an jedem Fenster ein Sessel. Zwischen denselben ein bis zum Fuß=boden reichender Spiegel, von jeder Seite ein Armleuchter mit drei brennenden Kerzen. Einen Schritt vor dem Spiegel ein Toilettetisch mit den nöthigen Sachen. Davor und links und rechts daneben je ein Sessel. Links Thür mit Portière Hintergrund Mitte ein reich=verziertes, schwellendes Brautbett in weißen Stickereien und zurück=geschlagenen Gardinen, aufgedeckt. Rechts und links vom Brautbett blühende Oleanderbäume, darüber Oelgemälde mit Scenen aus dem Leben der Venus. An den Füßen des Brautbettes lebende Rosen=stöcke. Rechts vor dem Brautbett ein weiches Ruhebett aus grünem Peluche; vor demselben rechts ein Sessel und ein Tischchen; links vor dem Ruhebett ebenfalls ein Sessel. Rechts an der Wand Blumen=

Etagère und Kleiderschrank, dann eine Thür mit Portière und ein Bücherschrank. Kleider und Toilettengegenstände liegen in malerischer Unordnung umher. Blumen in allen Ecken. Auf dem Tischchen vor dem Ruhebette steht eine Flasche mit Wein und zwei Gläser, sowie ein Räucherbecken, das süße Wohlgerüche aufwirbelt. Das ganze Schlafzimmer ist halb so tief als breit und vollständig mit Teppichen belegt. Rechts vorne Schreibtisch und Sessel. Links vorne ein Sopha. In der rechten Ecke des Hintergrundes ein Betschemel unter einem Crucifix. Links ein Telephon.)

Erster Auftritt.
Isabella. Blanche.

Isabella (steht in weißer, hocheleganter Gesellschaftstoilette, tief decolletirt, ohne Hut vor dem Toilettentisch, sich die Handschuhe an= ziehend, während Blanche, ihr zur rechten Seite auf den Sessel steigend, ihr die Locken noch etwas in Ordnung bringt). Mache mich schön, Blanche, denn ich will heute Abend schön sein. Wende Deine ganzen Toilettenkünste an, um den Jammer in meinen Zügen zu verdecken.

Blanche. O, gnädige Frau, Sie sind auch bezaubernd ohne Toilettenkünste. Die Blässe Ihrer Wangen und der müde Ausdruck Ihrer Augen wird jedes Männerherz in Flammen setzen.

Isabella (seufzend). Was kümmert es mich, wenn Hun= derte mich anbeten — und nur er, der Einzige nicht .. — Nein, nicht diese hohe, moderne Haartracht, die macht mich älter, als ich bin. Laß' die widerspenstigen Haarwellen herniederfluthen, wie die Lurlei es thut, wenn sie beim Mondesscheine ihre Lieder singt, die Niemand versteht — und die doch so wundersam klingen, wie verzauberter Nach= tigallengesang — und mit welchen die Fee den Schiffer bethört, den sie gern sieht. Auch ich will heute den Mann bethören, der mein Abgott, der Stern meines Lebens ist; ich will den letzten Kampf um sein Herz, um seine Liebe, um sein Erbarmen wagen. (Blanche steigt vom Sessel, tritt etwas zurück und schaut discret überrascht auf Isabella.) Viel stolze Männer haben einst vor mir gekniet — ich habe sie von mir gestoßen: ich wußte ja nicht, wie wehe das thut . Heute will ich zu seinen Füßen sinken ... um seine Liebe flehen — — — o, ich werde wahnsinnig vor Sehnsucht und Schmerz! (Verwirrt.) Blanche, was starrst Du mich so an?! Sind Dir meine Worte fremd, seltsam? O ja: Du darfst

es hören, was mich quält. Ich muß mein süßes Weh hin=
ausjammern, sonst sprengt es mir die Brust. (Sie nimmt ein
Schmuckkästchen.) Hier, Blanche, hast Du einen Diamantschmuck
— nimm ihn hin und schweige über Alles, was ich thue,
rede und reden werde. Bist Du mir treu und ergeben, so
belohne ich Dich fürstlich; — bist Du jedoch eine Verrätherin,
so stoße ich Dir den Dolch in's Herz!

Blanche (aufjubelnd das Geschenk an die Lippen drückend).
Gnädige Frau — ich gehe für Sie in den Tod.

Isabella (sich im Spiegel betrachtend; sinnend). So bin
ich schön. Nur noch die weiße Rose in's Haar und den
goldenen Dolch als Haarpfeil ... ach, vielleicht ist das Glück
mir gnädig. (Sie setzt sich den Hut auf und greift zum Mantel.)

Blanche. Sie sind überirdisch schön. (Ein schrilles Glocken=
zeichen außerhalb.) Wer kommt noch so spät? Ich eile hin=
unter. (Ab.)

Isabella (zur Thür tretend und in derselben auf Blanche
wartend). Man fragt nach mir? Nun, Blanche, was war es?

Blanche (eintretend und ein Telegramm überreichend). Ein
Telegramm an Ihre Adresse.

Isabella. Ein Stadttelegramm? (Oeffnet und liest.) Und
von meinem Gatten? Ich glaubte, der macht in seinem
Zimmer Toilette zum Ball? „Liebe Frau — ein dringendes
Geschäft zwingt mich, mit dem nächsten Courierzuge nach
Brüssel zu reisen, woselbst ich drei Wochen bleiben werde.
Gehe Du heute Abend allein auf den Gesandtschaftsball und
entschuldige mich. Marjan möge Dich hinführen und ab=
holen. Brief folgt. Mit Gruß und Kuß Victor Harcourt."
(Den Mantel ablegend und gedankenvoll das Telegramm betrachtend.)
Eine seltsame Zumuthung, allein zu gehen! Marjan soll
mich hinführen und abholen? . Hm! (Zu Blanche.) Sage
dem Kutscher, er soll wieder ausspannen. (Sie legt den Hut
ab, setzt sich zu dem Tischchen vor dem Ruhebette und beschreibt eine
Visitenkarte.) Und dann trage dies Billet zu Herrn Raimund
Marjan, gieb es ihm persönlich — und füge hinzu, daß
mein Gatte vor einer halben Stunde nach Brüssel verreist
ist. Herr Marjan möge die späte Stunde entschuldigen. —
Beim Hinuntergehen klopfe an Fräulein Hortense's Thür
und bitte das Fräulein, sogleich zu mir herauf zu kommen,
damit ich nicht allein bin.

Blanche. Ich werde Alles getreulich besorgen. (An der Thür sich umkehrend.) Und wenn Herr Marsan erscheint — soll ich ihn hier eintreten lassen?

Isabella. Ja. Und Du bleibst im Vorzimmer.

Blanche (ab links).

Isabella (ihr langsam nachgehend). Ich will durch's Fenster schauen, bis sie sein Haus betritt. (Ab links.) (Pause.)

Isabella (wieder eintretend). Der Nachtwind ist kühl und ich friere am offenen Fenster. (Halb für sich, leise, erregt.) In meinem Vaterlande haben heißblütige Frauen oft ihre Rivalinnen durch Gold, Gift oder Dolch beseitigt ... und wahrlich! auch ich fühle den Drang in mir, das zweite Mittel, Gift, zu gebrauchen, um zu meinem Ziele zu gelangen. — Ich weiß es, Raimund liebt noch Hortense, trotzdem er ihr jetzt zürnt, ihr mißtraut ... Soll ich nun durch dies Kind mir das Glück rauben lassen, das Glück, das ich seit zwei Jahren so heiß ersehnt? Soll ich feige Resignation, trostlose Entsagung üben, ich, eine Isabella Ganganelli? Nein! Dreimal nein! — Wer von den Menschen fragt nach mir, wenn ich leide? Wer fragt nach mir und wer hilft mir eine Seelenlast tragen, deren Schwere für mich den Selbstmord oder den Wahnsinn im Gefolge haben muß? Niemand, Niemand. Das Herzensglück ist ein gaukelnder Schmetterling, den zu haschen Weib und Mann freisteht. Ich will durch Raimund Marsan glücklich werden, vernichten werde ich jedes Hinderniß, das mir in den Weg tritt — und sollte ich auch über Mord und Leichen zu meinem Ziele gelangen! Ihn an der Brust eines anderen Weibes ruhen zu sehen, das würde mich zum Aeußersten treiben. (Sie zieht ein kleines Fläschchen aus dem Busen, läßt es im Lampenlichte funkeln und tropft dann mehrere Tropfen in das linke der auf dem Tischchen stehenden Weingläser.) Gift! Strychnin — drei Tropfen hiervon und der Weg ist frei! — Still, dort kommt sie ...

Zweiter Auftritt.
Hortense. Isabella. Blanche.

Hortense (bescheiden und schüchtern eintretend). Sie ließen mich rufen, gnädige Frau. — O, Sie schauen so blaß aus — Sie zittern ...

Isabella (sich beherrschend). Ja, mein liebes Kind, ich fühle mich müde und elend — und das rührt nur von der Aufregung des heutigen Tages her. Sie haben wohl von Blanche erfahren, daß mein Gemahl heute Abend nach Brüssel gereist ist und ich den Gesandtschaftsball allein nicht besuchen werde? (Hortense nickt.) Sie können bei Licht an der feinen Stickerei nicht arbeiten und besitzen nun freie Zeit. Bitte, wollen Sie mir nicht etwas vorlesen? Dort ist der Bücherschrank, wählen Sie sich ein Buch aus, das erste beste.

Hortense. Sehr gern. — Es ist Heinrich Heine's „Buch der Lieder". (Sie setzt sich an das Tischchen vor dem Ruhebette auf den rechts stehenden Sessel.)

Isabella (auf das Ruhebett sinkend und sich ausstreckend, den Kopf nach links). Lesen Sie ein Gedicht — gleichgiltig welches!

Hortense (blätternd). Hier ist ein bekanntes Lied; ich habe weinen müssen, als ich's zum ersten Male singen hörte. (Liest.)

„Ich grolle nicht — und wenn das Herz auch bricht —
Ewig verlor'nes Lieb, ich grolle nicht ...
Wie Du auch strahlst in Diamantenpracht,
Es fällt kein Stern in Deines Herzens Nacht.

„Das weiß ich längst. Ich sah Dich ja im Traum,
Ich sah die Nacht in Deines Herzens Raum —
Ich sah die Schlang', die Dir am Herzen frißt —
Ich sah, mein Lieb, wie sehr Du elend bist."

Isabella (aufspringend). Wie kann der Dichter nicht grollen, wenn er verrathen oder betrogen worden? Ob dann sein Lieb auch elend ward, das ist nicht seine Schuld. Sie fragte ja nicht, ob er durch ihre Treulosigkeit Höllenqualen gelitten. — Fräulein Hortense, Ihr Herr Bräutigam grollt und zürnt Ihnen, weil er Sie einen Augenblick in den Armen meines schamlosen Gatten gesehen, er mißtraut Ihnen, weil er glaubt, daß Sie nicht energisch genug dem Verführer gewehrt; ja, ich glaube, daß seine Liebe zu Ihnen einen Riß erlitten. Sie sind ein Mädchen, das in seinem Lieben und Hassen eine hohe Leidenschaft nicht empfindet und das ihm vom Schicksal zugeworfene Loos mit thierischer Geduld trägt. Aus Ihren Augen leuchtet fromme Ergebung.

— Ich frage Sie, Hortense, beugen Sie sich demuthsvoll und ohne Murren unter der Knute des erbarmungslosen Geschicks?

Hortense. Ja, weil ich weiß, daß ich unschuldig leide und deshalb auf die Gerechtigkeit Gottes hoffen darf.

Isabella (flammend). Gott ist nicht immer gerecht, verlassen Sie sich nicht zu fest auf den Herrgott, die Menschheit hat Beweise von seinen oft sonderbaren Launen! Aber was würden Sie thun, wenn Ihr Bräutigam Sie treulos verließe, wenn er eine Andere zum Altar führte? Würden Sie mit dem Rechte des betrogenen Weibes Rache an ihm üben? Würden Sie ihn vernichten? ..

Hortense (seelenvoll). Nein — ich würde für ihn beten ...

Isabella (wild, hohnlachend). Haha! Beten! Beten! — So soll auch ich wohl für meinen Gatten beten, der meines Lebensglückes Mörder ist? — Thörichtes Kind, wenn ein Mädchen für einen treulosen Bräutigam nur betet, dann hat es Treulosigkeit verdient, weil es ihn nimmer aufrichtig, heiß und glühend geliebt! — Wahre Liebe will nicht entsagen, wahre Liebe will besitzen, wahre Liebe will Gegenliebe, Glück, maßloses Glück. Ein betrogenes Weib kann nicht beten, es soll und darf nicht beten, es soll Rache an dem Betrüger nehmen. Ha! Wie stünde die Welt, wenn jeder verrathene und betrogene Mensch für seinen Feind nur beten würde? Die Großen dieser Erde, die Kaiser und Könige, sie beten nicht, wenn ihre Wünsche nach Schlachtenglück jede Vernunft in ihrem Gehirn zum Schweigen bringen; sie schreiten über tausende Menschenleichen, über tausende unglückliche Familien zu ihrem Ziele, und die Priester segnen ihre Waffen und das Volk huldiget den Siegern in Kirchen und Schulen, in Liedern und Gesängen. — Und wenn einem armen Frauenherzen die Ruhe und der Frieden geraubt, das ganze Lebensglück zerstört wird, das doch mehr werth ist, als ein Stück Land, — dann soll das Weib keine Rache üben, es soll beten, winseln wie ein Hund, dem sein Herr den Knochen fortgerissen und dadurch seine Knechtschaft erprobt hat. — (Milder.) Gehen Sie, Hortense, verlassen Sie mich. Ich wollte mit Ihnen einen Kampf aufnehmen um meine höchsten Erdenwünsche, — aber Sie sind mir keine ebenbürtige Gegnerin, — Sie sind ein Wesen, mit dem man nicht rechtet, das durch seine Sanftmuth auch einen Teufel entwaffnen könnte. Gehen Sie —!

Hortense (eingeschüchtert, demüthig). Ich gehe, gnädige Frau. (Sie taumelt in einem Ohnmachtsanfall.) O Gott — wie wird mir?!

Isabella (sie auffangend und zum Sopha links geleitend). Erholen Sie sich, Fräulein Hortense! Bitte, ruhen Sie ein wenig! — Nun, nun; ist's wirklich so heftig?

Hortense (mit den Händen um sich schlagend, dumpf). Ich ersticke — ich ersticke. (Sie greift sich zur Kehle.) Wasser! Wasser! (Ihr Haupt sinkt auf die Sophalehne nach links; die Ohnmacht ist eingetreten.) Wasser!

Isabella (nimmt aus der Tasche ein Fläschchen mit einer Essenz und reibt Hortense's Stirne und Schläfe ein. Nach einer minutenlangen Beobachtung tritt sie von der Ohnmächtigen fort und in die Mitte der Scene; unterdrückt, für sich.) Wasser verlangte sie... Wasser. Dort steht ein Wasser, das ewigen Schlaf bringt. (Sie eilt zu dem Tischchen vor dem Ruhebette, nimmt das links stehende, mit Strychnin versehene Glas und gießt es mit Wein voll. Dann nähert sie sich Hortense — und ein harter Seelenkampf geht in ihren Zügen vor.) Niemand sieht es — und sie ist meine Feindin, die Räuberin meines Glücks! Haben nicht schon andere Frauen vor mir, Fürstinnen und Herzoginnen, zu diesem stillen Mittel greifen lassen, um eine Nebenbuhlerin zu beseitigen? (Sie kniet vor Hortense nieder, bereit, ihr das Glas zu reichen, wenn sie nochmals nach Wasser verlangen sollte. Eine Minute verharrt sie lautlos mit starr auf die Ohnmächtige gerichteten Blicken. Dann erhebt sie sich, tritt hinter das Sopha, über Hortense gebeugt, und wartet — mit dem Glase in der Hand — und mit ihrem fürchterlichen Entschluß ringend, auf Hortense's Erwachen. Endlich regt sich Hortense mit dem Seufzer: „Wasser — Wasser!" (Isabella greift sich mit der linken Hand an die Stirne und führt das Giftglas zu Hortense's Lippen.) Hier ist Wein, Fräulein Hortense, trinken Sie! (Hortense hebt die Hand nach dem Glase. Da ertönen wie aus der Ferne leise und mahnend, von links und rechts die Avemaria=Glocken, in verschiedenen Tonstufen. Isabella zuckt empor, tritt zurück, stellt das Glas auf das Tischchen vor dem Ruhebett und wirft sich mit einer wilden Bewegung vor dem Betschemel, rechts, auf die Kniee, die Hände zum Crucifix erhebend. — Hortense erholt sich, hört das Avemaria, bleibt auf dem Sopha sitzen und faltet andächtig die Hände. Die Abendglocken gehen noch eine Minute lang weiter und verstummen dann langsam. Isabella erhebt sich, eilt zu Hortense, kniet vor ihr nieder und küßt ihr die Hände.) Wasser wollten Sie, mein theures Kind? Ich werde es Ihnen holen lassen. (Sie drückt auf die Tischglocke.) Es ist keines hier.

Blanche (eintretend). Befehlen, gnädige Frau?

Isabella. Führen Sie Fräulein Hortense in ihr Zimmer — sie ist sehr unwohl. (Zu Hortense.) Blanche wird für Sie sorgen, meine Liebe. Auf Wiedersehen!

Hortense (hauchend). Ich danke Ihnen für ihre Güte. (Ab mit Blanche, rechts.)

Isabella (ihr nachschauend, erschüttert). Sie dankt mir! Herrgott da oben — und ich danke Dir, daß Du durch Deine Avemaria-Glocken meine Seele vor einer schweren Sünde bewahrt hast! (Händebrechend auf- und abgehend.) Furchtbar, furchtbar, wie das hier innen pocht und hämmert, — zu welcher That man fähig ist, wenn man sieht, daß sein Erdenglück in Gefahr schwebt! — O, betet, ihr frommen, demüthigen Weiber, wenn euch das Herz bricht! Betet, ich kann nicht beten. Ihr habt nur den sanften Hauch der Liebe empfunden und nicht die gluthenschwangeren Stürme der höchsten leidenschaftlichsten Liebe und Sehnsucht. Und diese Sehnsucht will erhört sein, oder sie bringt Tod und Verderben!

Blanche (eintretend). Das Fräulein hat mich ersucht, sie allein zu lassen. Herr Raimund Marsan ist augenblicklich nicht zu Hause, deshalb habe ich das Billet auf seinen Tisch gelegt. Weil die Lampe brannte, wird er wohl bald heimkommen.

Isabella (sich auf das Ruhebett legend, die Arme unter dem Nacken). Es ist gut. (Blanche ab.) — — — Ich ahne, daß es die letzte Stunde meines Lebens ist. Der Tod wird mir süß sein, wenn ich weiß, daß auch Er mir in das dunkle Reich der grauen Schatten folgt, aus welchem es kein Wiederkommen zu dieser schönen Erde giebt. (In Pausen.) — — — Ohne Liebesglück an seiner Seite fände ich keinen Frieden — — — mein Herz würde verschmachten wie eine Rosenblüthe auf heißem Sande. (Sich streckend, seufzend.) — — Sterben! — Sterben, — welch' unausdenkbarer Gedanke! — — Wer sagt mir, daß mit dem Tode der Mensch nur Staub wird? — Und wer sagt mir, daß es ein Wiedersehen — eine Vergeltung giebt? (Leise). O Du mein Gott

ich habe Dich um mein Dasein nicht gebeten. — Du hast mir
das Herz so erschaffen, wie es ist. — Trifft die Verantwortung
nun mich), wenn die bange Seele nicht den rechten Weg
wandelt und durch jene irren Bahnen eilt, auf welchen die
sehnsuchtsvolle Liebe flattert und wie ein Irrlicht lockt? Die
Menschen sagen ja: ein kaltes Ja ... Das sind jene Menschen,
in deren Brust die echte, glühende Liebe noch nie getobt.
(Sie erhebt den Oberkörper und schaut um sich). Es wird spät —
und Raimund kommt heute nicht mehr. — Ich will zur Ruhe
gehen. (Sie steht auf, tritt an den Toilettentisch, schnürt ihr Kleid
auf und löscht die drei Kerzen links am Spiegel.) Vielleicht bringt
mir der Schlaf ein wenig Beruhigung. (Sie entkleidet sich lang=
sam unter dem folgenden Monolog bis auf die weißen Unterkleider.
Nacken, Arme und Brust sind unbekleidet. Das Gesellschaftskleid hängt
sie in den Schrank.) Dort steht mein Brautbett — ein Lager von
Seide und Gold. — Wie mag es sich da ruhen an der Seite
eines geliebten Gatten? — Jede Frau kennt dieses Glück; nur
ich nicht. (Sie öffnet langsam ihr Haar.) — Wo sind die Träume
meiner Mädchenjahre geblieben? — Und was träumte ich.
in der Nacht, als ich mit meinem gehaßten und verachteten
Gemahl dieser Stadt zufuhr? — Was war es nur? — Ach,
ein schmerzlich=süßer Traum. (Sie geht zu dem Brautbett und
bleibt davor stehen). Wie ein klagendes Sehnen durchzog es
meine Brust — ein Sehnen, wie es so unsagbar süß nur der
jungen Frauen Herz empfindet — ein Sehnen, das oft unter
Thränen in das Grab der Entsagung gelegt wird. (Sie legt
sich mit dem Oberkörper auf das Brautbett, die rechte Wange in
die rechte Hand geschmiegt, das lange, lose Haar über sich fallen
lassend, sinnend.) Ich sah ein trautes Zimmer vom Abend=
sonnengold beleuchtet — im Garten die Dämmerung — mir
im Herzen Sonnenlicht. — — Ein heißgeliebtes Männer=
antlitz lehnte mir zur Seite, glücklich — den — kleinen —
Engel — betrachtend, — der auf meinem Schooße — die
— holden — Aeuglein — zum Schlummer schloß. — Leise,
leise — küßte — ich — den — süßen — Mund, — und
— leise, leise — sang — ich — mein — Erdenglück in Schlaf.
(Sie schließt lächelnd die Augen und bleibt so liegen.) Du —
holder — süßer — Traum, — kehre — noch — einmal —
wieder. (Sie schläft.)

Dritter Auftritt.

Raimund. Isabella. Blanche.

Raimund (von Blanche durch die Thür rechts eingelassen, bleibt lautlos stehen, in ernster Bewunderung die schlummernde Isabella betrachtend. Blanche, die Isabella gar nicht gesehen, sofort ab). Madame schläft? (Er legt seinen Hut auf den Sessel am Tischchen rechts.) Oder ist sie krank? — Kein Wunder, wenn ihre angegriffenen Nerven endlich Ruhe erheischen. (Er tritt zum Schreibtisch rechts.) Du reiches, schönes, armes Weib, — Dein wildklopfendes Herz kämpft um den Besitz eines anderen Herzens, das Deine glühende Liebe versteht, erwidert, aber es Dir nicht sagen darf. — Ich leide ja wie Du, Du weiße Südlandsrose; doch, wenn ich Dein Begehren erfüllte, ich bliebe ein Meineidiger vor mir und meinem Gott. —

Isabella (im Traume sich regend, leise rufend). Raimund... o komme zu mir... — — — — — — — — (Die Augen öffnend, leicht erschreckend, freudig sich erhebend.) Sie sind es, Raimund? Haben Sie Dank, daß Sie gekommen. (Geht ihm entgegen und reicht ihm die Hand.)

Raimund. Ich bin Ihrem Wunsche nachgekommen, gnädige Frau, trotzdem die späte Abendstunde für einen Besuch nicht mehr geeignet ist. Darf ich erfahren, was Sie von mir wünschen?

Isabella (auf den Sessel links vom Ruhebette deutend, zum Schrank gehend, ein weißes, durchsichtiges Spitzengewebe herausnehmend und es um den Nacken legend). Sie sollen es erfahren. (Setzt sich auf das Ruhebett.) Ich mußte Sie zu mir rufen lassen zu einer Zeit, welche die moralisch übertünchte blasirte Gesellschaft vielleicht für nicht schicklich hält. Aber verzeihen Sie — ich fühle mich krank — elend — — ich fürchte den nächsten Tag.

Raimund. Mir thut's im Herzen wehe, daß Sie leiden.

Isabella (matt, ungläubig lächelnd). Wehe thut es Ihnen? Wie kann mein Seelenleid Ihnen wehe thun?!

Raimund. Ich weiß es, daß Sie unglücklich sind.

Isabella. Unglücklich! Ja, das Wort paßt besser auf meinen Zustand. Doch mein Wohl und Wehe muß in den Hintergrund treten, wenn es Ihr Glück gilt. Lassen Sie uns von Ihrer Braut sprechen.

Raimund. Ich danke Ihnen für Ihre Theilnahme. — Ich habe dem Herrn Harcourt ein Duell antragen lassen. Er nahm die Forderung für morgen Früh an — und nun ist er, wie Sie mir mittheilten, nach Brüssel gereist. — Der Feigling!

Isabella. Die Vergeltung wird nicht ausbleiben. — Doch was gedenken Sie weiter zu thun? Sie sind in Ihrer Stellung nicht mehr geblieben — und werden Ihren Hoch= zeitstag wohl hinausschieben müssen, nicht wahr?

Raimund. Ja. — Auch hat mein Glaube an die Treue der Frauen einen großen Riß bekommen. Frauen= liebe und Gold ist oftmals nicht echt.

Isabella. Es giebt aber eine Liebe, welche mit der Treue so enge verbunden ist, daß sie keine menschliche Macht von einander trennen kann. Glauben Sie an eine solche Liebe und Treue?

Raimund. Jetzt nicht mehr.

Isabella. Jetzt nicht mehr? — Raimund Marsan — ich erzählte Ihnen eine Geschichte von einem jungen Weibe, das, an einen alten Wüstling gekettet, ein qualvolles Dasein führt, weil ihr die Liebe zu einem andern, edlen Manne das Herz mit tausend Wünschen erfüllt. Und als ich Sie fragte, was Sie sagen würden, wenn Sie der Gegenstand dieser Liebe wären, da gaben Sie mir mit Bezug auf den Ehestand des jungen Weibes eine erbarmungslose Antwort.

Raimund. Ich habe jene Antwort im Stillen bereut.

Isabella. Bereut? — Aus welchem Grunde!

Raimund. Weil ich nun weiß, wer dies junge Weib ist — und ich Mitleid mit ihm habe.

Isabella. Mitleid? — Großer Gott — ich danke Dir ... — Ja, Raimund, o lassen Sie mich Sie nur ein= mal mit diesem trauten Namen nennen — ich bin das un= glückliche Weib, dem diese heiße Liebe in das Herz zog, — ich muß es Ihnen gestehen und wenn ich für dies Geständniß in den Augen der kalten, gefühllosen Welt auch gerichtet bin. Was frage ich darnach, wenn mir nur Ihre Verzeihung wird. (Mit erhobener Stimme.) Entgegen der Sitte dieses Landes, entgegen den herrschenden Begriffen von Ehre und Frauenrecht, nur folgend dem unabwendbaren Drange meines Herzens, das Gott mir so gegeben wie es ist, sage ich Ihnen hiermit, daß Sie der Gegenstand meiner namenlos heißen Liebe sind! — (Sie sinkt zu seinen Füßen und hebt die gefalteten Hände.) Raimund Marsan — ich liebe Sie... ich liebe Sie unaussprechlich! In Ihren Händen liegt mein Erdenglück und mein Verderben.

Raimund (abwehrend, fast drohend). Gnädige Frau — erheben Sie sich! Wenn Ihr Herr Gemahl dies hörte, so — — (Er hebt sie auf.)

Isabella (auf dem Ruhebette Platz nehmend, mit in den Schooß gefalteten Händen, traurig, leise, fast thränenschwer). O, wenden Sie sich nicht von mir — stoßen Sie mich nicht zurück. Vermögen Sie ein Frauenherz zu verdammen, das liebt?... Nein, Raimund, das können Sie nicht; denn die wahre Liebe ist eine Naturgewalt — die wahre Liebe läßt sich nicht bannen und tödten, weder durch ein weltliches Gesetz, noch durch eigene Kraft. — Und fliehen Sie auch bis an's Ende der Erde, die wahre Liebe folgt Ihnen wie ein Schatten, sie zieht in Ihre Träume hinein und schaut mit feuchten Augen, mit stummem Flehen, wie ein krankes Kind zu Ihnen empor... (Leise.) Ich hatte der weinenden Liebe mein Herz verschlossen, ich habe sie nicht sehen und hören wollen — und die Strafe blieb nicht aus. Die mit himm= lischer Kraft gestärkte Liebe ist mit Gewalt in meine Brust gezogen — und nun bittet sie nicht mehr, sondern sie fordert — oder tödtet... — — — Raimund, sehen Sie in mir nicht das pflicht= und ehrvergessene, sondern das der Liebe unterliegende Weib. Frei meines Ehebandes würde ich unermeßlich glücklich sein. (Zaghaft seine Hand ergreifend und sich vorbeugend.) Seien Sie nicht so stumm, so finster... Gönnen Sie mir nicht das Glück, Sie lieben zu dürfen? Wollen Sie mich für mein ganzes Leben lang unglücklich sein lassen?...

Raimund (gestützten Hauptes, halb für sich). Und Hor= tense? — Hortense? —

Isabella. Deine Braut liebt Dich nicht so wie ich... sie ist einer mächtigen Liebe nicht fähig. — Und auch in Deinen Augen las ich, daß Du Hortense nicht mit der ganzen Gluth Deiner Seele liebst.

Raimund (seinen Sessel verlassend und in die Mitte der Scene tretend). Und ist ein Mann berechtigt, sein einem

Mädchen gegebenes Wort zu brechen, geschworene Eide unerfüllt zu lassen und ein Mädchenherz zurückzuweisen, das ihm Vertrauen schenkt?

Isabella (sich erhebend). Ja, dreimal ja! Er ist dazu berechtigt und das Mädchen ist auch dazu berechtigt, wenn Beide nachträglich erkannt, daß sie nicht in voller, unge= theilter Liebe einander gehören können. Zehn unglückliche Bräute werden eher glücklich, als eine unglückliche junge Frau! — Ich habe es an mir erfahren, welch' ein Unglück es ist, am Altar nicht die Wahrheit zu sagen, einem Manne Treue zu schwören, während man das Bild eines Anderen im Herzen trägt. (Beide nehmen ihren alten Platz ein.) Raimund, — Hortense wird vergessen lernen und ein anderes Glück finden. Die gerichtliche Trennung mit meinem Gatten kann rasch erfolgen. Dann treten wir Beide in einer stillen Dorf= kirche zum ewigen Bunde zusammen — und im sonnigen Italien soll unsere fernere Heimat sein. Dort unter den Palmen und Myrthen ist es schöner als hier ... — Raimund — ein Schloß oder eine versteckte Hütte im stillen Thale soll uns bergen, wo wir unserer Liebe leben wollen ... Raimund: nur unserer Liebe ... (Seine Hand nehmend.) Wie wollte ich Dir ein gehorsames und treues Weib sein, wie innig würde ich Dich lieben! .. Und ich weiß: auch Du würdest mich liebgewinnen... meine Demuth und Hingebung würde Dir Mitleid einflößen... (Mit erstickter Stimme.) Du schweigst noch immer? Hast Du kein Erbarmen für mich? (Küßt seine Hände.) O sprich doch, Raimund, Dein Schweigen tödtet mich ...

Raimund (sie voll anschauend, dann die Hand über die Augen legend, wie geblendet sich abwendend und murmelnd. Und Hortense — Hortense?!

Isabella (leise). Was starrst Du so in's Leere? (Wie Luft suchend ihr Spitzentuch nach hinten werfend, so daß ihr Nacht= gewand Arme, Brust und Nacken frei giebt.) Schaue mich doch einmal an, kannst Du mich nicht lieben? Bin ich geringer wie Hortense? (Sie küßt ihn auf das Haar und die Stirne und neigt ihr Köpfchen auf seine linke Schulter). Raimund, ich bin Dein auf ewig, Dein auf ewig — gieb mir Liebe. — —

Raimund (wie verzaubert Isabella's linke Hand, die auf seinem linken Knie ruht, mit Wärme erfassend und sein Haupt in die rechte stützend, sinnend). Ich träumte von einer Wassernixe, die aus dem mondbeglänzten Waldsee tauchte und mich mit ihren weichen und feuchten Armen umschlang. Sie preßte mich sanft an ihr wildpochendes Herz (Isabella schaut glücklich= lächelnd in sein Antlitz empor) und sang mir ein wundersames Lied von Liebe und Sehnsucht, von Verlassensein und Glück. Und dies wundersame Lied bethörte meine Sinne — ich ruhte an dem Busen der liebebegehrenden Nixe willenlos und ohne Kraft... Sie zog mich tiefer und tiefer zu dem Grund des Waldsees — immer berauschender wurden die märchenhaften Töne — Blumen sah ich auf dem Grunde des Wassers blühen. — Die Nixe zeigte mir eine einsame weiche Ruhestatt, — noch träumerischer ward ihr Singen — plötzlich küßte sie mich heiß und verlangend und hauchte: (Isabella gleitet zu seinen Füßen auf die Knie.) „Ich bin Dein auf ewig — Dein auf ewig — gieb mir Liebe." —

Isabella (verklärt emporhauchend). Gieb — mir — Liebe. —

Raimund (aus seinem Versunkensein aufzuckend). Ver= zeihung, gnädige Frau!

Isabella (ihn zurückhaltend, mit der ganzen Gluth ihrer Empfindung, flehend). Raimund — bleibe — bleibe. — —

Raimund (sie sanft emporhebend, auf das Ruhebett drückend und an dem Tischchen stehen bleibend). Der Ton Ihrer Worte hatte mich bestrickt, daß ich einen Moment vergaß, wo ich mich befinde. Nun bin ich erwacht. Gnädige Frau, es ist wohl kein einziger Mann auf der ganzen Welt, der dem Zauber Ihrer Schönheit und Hingebung nicht erlegen wäre, kein Mann, der nach diesen Minuten nicht zu Ihren Füßen geruht! Die glühenden Worte, die im sinnverwirrenden Schmelz Ihren Lippen entströmten, vermochten auch das kälteste Männerherz zum Schwanken zu bringen. Mich hat Ihr Unglück tief bewegt und ich verurtheile Ihre Liebe nicht; denn gegen diese Naturgewalt ist die Sittenlehre der Welt eine lächerliche Komödie. — Ich verurtheile Sie nicht, daß Sie, bereits durch das Band der Ehe gefesselt, einen anderen Mann, mich, lieben, ich bin stolz auf diese Ehre und beklage gleichzeitig Ihr Schicksal. In meinen Augen sind Sie kein pflichtvergessenes, sondern ein unglückliches Weib. Sie haben verdient, ein besseres Erdenlos zu ziehen, Sie haben verdient, glücklich zu werden. Hätte ich meiner Braut nicht mein ehr=

liches Manneswort gegeben — beim allmächtigen Gott, ich
würde Sie in meine Arme schließen und sagen: Isabella,
ich liebe Dich; komm' an mein Herz, da ruhst Du geborgen
vor den Stürmen des Lebens. — Aber nun bin ich gebunden,
gnädige Frau. Ein ehrlicher Mann soll auch sein Wort nicht
brechen, wenn ihm ein höheres Glück in der Nähe winkt.
Zürnen Sie mir nicht und gestatten Sie mir, der märchen=
haften Versuchung, die in Ihren zauberhaften Augen blüht,
noch rechtzeitig zu entgehen. Es ist besser so — gute Nacht!
(Will ab.)

Isabella (einen Schritt nachgehend, fast tonlos). Sagen Sie
mir noch das Eine, Raimund: Wenn Hortense nicht wäre,
wenn Hortense Sie verließe — oder wenn sie stürbe?

Raimund. Wenn sie stürbe, würde ich einsam durch's
Leben gehen. Und wenn sie mich verließe? (Er lehnt an der
Lehne des Ruhebettes.) Diese Frage vermag ich heute nicht zu
beantworten.

Isabella (bei Seite). Ich werde wahnsinnig vor Leid
und Schmerz! (Laut.) Erbarmungsloser Mann, laß' mich nicht
elend werden, stoße mich nicht von Dir, sonst muß ich sterben.
— Ich kann es nicht ertragen, daß Du ein anderes Weib liebst,
daß eine Andere Deine Gattin wird... Die Verzweiflung
würde mich zur Rache treiben: Dich und mich tödten. O
gib mir nur ein Wort, nur ein armes Wort der Hoffnung
— nur einmal küsse mich, (sie gleitet zu seinen Füßen nieder) nur
ein einziges Mal, als ersten und letzten Freundschaftsgruß.
(Ihr Haupt neigend.) Dann will ich von hier gehen, in dem
kranken Herzen die weinende Liebe, und geduldig harren,
bis der liebe Gott unsre Lebenswege wieder zusammenführt.

Raimund (seine Hände auf ihr Haupt legend). Beruhigen
Sie sich, gnädige Frau. Nicht immer gehen die Herzens=
wünsche der Menschen in Erfüllung; was sich heiß und treu
liebt, muß oft für ewig scheiden, und was sich nicht liebt,
wird oft für ewig verbunden. Doch die Zeit heilt auch das
größte Herzeleid. Meine heißesten und innigsten Wünsche
werden Sie auf Ihren ferneren Lebenspfad geleiten. (Harcourt
erscheint im Reiseanzuge unter der Thür links und bleibt, ohne eine
Miene zu verziehen, lautlos stehen.) Lassen Sie mich Abschied
nehmen — und weil wir in unserer tiefsten Seele so nahe zu
einander steh'n, ist dieser Abschied kein Verbrechen. (Er zieht

die Knieende sanft zu sich empor und umarmt sie.) Ich küsse Dich,
Du sinnberückend schönes Weib — ich küsse Dich, Du weiße
Südlandsrose — und ich fühle in dieser Stunde, daß ich ein
Unrecht nicht begehe! (Er küßt sie lange und innig.) Isabella,
lebe wohl — das selige Glück dieser Minute nehme ich mit in
meine Einsamkeit. Bis hinüber zu den Schatten jener Weltennacht
werde ich Dich, Madonna der Erdenliebe, nicht vergessen. (Sein Haupt sinkt an ihre Wange; Beide verharren einen
Moment in trunkener Vergessenheit.)

Isabella (die Arme um seinen Hals schlingend; glühend,
weltverloren). Laß' mich bei diesem Voneinandergehen in Deine
Augen schauen, die mir den Frieden auf dieser Welt
genommen...

Vierter Auftritt.

Harcourt. Die Vorigen.

Harcourt (von der Thür aus, nicht laut, eisig). Mein
treuloses, ehrvergessenes Weib liegt in den Armen eines
Spitzbuben...

Isabella (regungslos in voriger Stellung, nur das Haupt
zu Harcourt wendend). Es — ist — mein Gemahl. Geben —
wir — ihm — Antwort.

Raimund (sich sanft von Isabella befreiend, sie auf das
Ruhebett nöthigend und langsam auf Harcourt zutretend; würdig,
eisern). In den Armen eines Spitzbuben —?!

Harcourt. Ja — den ich jetzt niederschießen werde wie
einen Hund. (Er reißt einen Revolver aus der Brusttasche und
legt auf Raimund an.) Dieb!

Raimund (mit verschränkten Armen). Feigling!

Harcourt. Ha, frecher Hund! (Er will Feuer geben. In
demselben Augenblick hat ihm Isabella die Waffe nach seitwärts aus
der Hand geschlagen.) Teufel!

Isabella (flammend). Zurück! — Nicht von ihm könntest
Du Rechenschaft fordern, sondern von mir, wenn Du dazu
berechtigt bist! — Feigling! Du hattest nicht den Muth, dem
Manne, der die beleidigte Ehre seiner Braut rächen wollte,
vor die Mündung der Pistole zu treten — und Du hattest
auch nicht den Muth, den Wehrlosen hier im Zimmer nieder-
zuschießen. Dein Drohen entsprang der Furcht. — So wie ich
es Dir gesagt habe, daß ich Dich glühend hasse seit der

Minute, als Du nach Hortense frech die Hand ausstrecktest, und Dich aus Grund meines Herzens verachte, so sage ich's Dir auch jetzt in's Gesicht, daß ich Raimund Marsan mit glühendster Seele liebe — und ihn ewig, ewig lieben werde. (Sie wirft sich Raimund in die Arme).

Harcourt (knirschend, unbeweglich). Schamlose Creatur.

Raimund (will vortreten). Schurke — gehe, oder ich zertrete Dich!

Isabella (ihn zurückhaltend, erregt). Lassen Sie mich sprechen, Raimund. (Zu Harcourt.) Ich bin nicht schamlos, ob Du mich auch so nennst. Mich zwang die heiße und heiligste Liebe zu den Füßen dieses angebeteten Mannes; doch zu Ihrem Handeln Hortense gegenüber trieb Sie nur gemeine Wollust.

Harcourt (spöttisch und höhnisch). Madame — lassen Sie sich belehren: Liebe und Wollust entspringt aus einem Gefühl. Wenn die Wollust vorüber ist, ist's auch mit der Liebe vorbei. So fühle wenigstens ich. — Und glauben Sie vielleicht, daß Ihr Buhle noch Anspruch auf Ehre hat, wenn er zur Nachtzeit im Schlafzimmer einer verheirateten Frau betroffen wird?

Isabella. Raimund Marsan's Ehre ist rein, denn ich war es, die ihn zur späten Stunde zu sich rufen ließ. Er ist gekommen — und ich habe es ihm gesagt, wie unendlich, wie namenlos ich ihn liebe und daß ich ohne seine Gegen= liebe den Tod suchen würde — und ich habe den ersten Kuß von ihm erbeten. . . .

Harcourt. Das thaten Sie, Madame! Sie spielen eine treffliche Komödie! — Aber noch bin ich Herr im Hause und habe die Macht, die pflichtvergessene Gattin sammt ihrem Buhlen zu strafen. Ich wußte es vom ersten Augenblick, daß Sie Ihre Huld meinem Cassier geschenkt, ich las dies in Ihren Augen — und ich wollte Sie in flagranti ertappen. Meine Abreise war fingirt, mein Telegramm eine gute Falle. Nicht nach Brüssel fuhr ich, sondern zu meinem Detectiv, der Marsan's Wohnung überwachen mußte. Ihr Beide seid in meiner Gewalt. Sie, Madame, werden eine Klosterzelle kennen lernen — und Herr Raimund Marsan soll Ihre schönen Arme und dies Zimmer nur verlassen, um in's Gefängniß zu wandern.

Raimund. Sie wagen es, mir von Gefängniß zu sprechen?!

Harcourt (höhnisch, herausfordernd). Ja, mein Herr. Ein Dieb gehört in's Gefängniß, und Sie sind ein Dieb! In der von Ihnen verwalteten Cassa fehlen hundertfünfzigtausend Francs in Gold.

Isabella. Das ist eine Lüge, Du Elender, — gemeine Rache!

Harcourt. Ich sagte ja nicht, Madame, daß Ihr Herr Buhle diesen Betrag gebrauchen wollte, um mit Ihnen in's Ausland zu flüchten . . .

Raimund (Isabella zurückhalten). Lassen Sie ihn aussprechen, gnädige Frau.

Harcourt (mit dem goldenen Knopf seines Spazierstockes spielend und dann den Cylinderhut aufsetzend). Die fehlenden hundertfünfzigtausend Francs haben Sie mir gestohlen — und dafür übergebe ich Sie der Polizei. (Er öffnet die Thür und ruft hinaus:) Herr Polizeilieutenant Dognon — bitte! (Zurückgewendet.) Ihr seht, mein schönes Liebespaar, daß ich meine Anordnungen gut getroffen — und dem Spitzbuben das Durchgehen mit einem verbrecherischen Weibe verhindert habe.

Raimund (ruhig auf den einen Schritt zurückweichenden Harcourt zutretend). Ich würde Sie für Ihre gemeine Anschuldigung niederschlagen und mit diesen Händen erwürgen, wenn ich mich so tief erniedrigen wollte.

Fünfter Auftritt.
Polizeilieutenant Dognon. Die Vorigen. Polizisten.

Dognon (in Civil). Ich stehe zu Ihren Diensten, Herr Banquier, und bitte Sie, Ihre auf der Polizei gemachte Anschuldigung hier zu wiederholen. (Gegen Isabella sich verneigend.) Madame: mein Name ist Dognon, Polizeilieutenant.

Harcourt. Ich klage meinen Cassier Raimund Marsan, der zur Nachtstunde widerrechtlich dies Zimmer betreten, des Cassendiebstahls an. Er hat mich um hundertfünfzigtausend Francs in Gold bestohlen, um mit diesem Kebsweibe in's Ausland zu flüchten. Ich leiste für die Wahrheit meiner Anklage Bürgschaft in jeder Höhe — und ersuche Sie, Herr Lieutenant, den Dieb sofort zu verhaften.

Isabella. Du lügst, gemeiner Bösewicht, Du lügst!

Dognon. Herr Marsan — ich kenne Sie seit Jahren als einen ehrlichen Mann.

Raimund. Das bin ich heute noch.

Dognon. Geben Sie mir den Schlüssel zu Ihrem Zimmer.

Raimund. Bitte, hier ist der Schlüssel. Viel Glück!

Dognon. Herr Harcourt, folgen Sie mir! (Als Dognon die Thür rechts öffnet, treten ihm zwei Sicherheitsbeamte in Uniform entgegen. Er flüstert ihnen etwas zu, worauf die Beamten hinaus=gehen und außerhalb der Thür Posto fassen. Dognon mit einer Verbeugung zu Isabella in Begleitung Harcourt's ab.)

Isabella. Was will er in Ihrem Zimmer, Raimund?

Raimund. Gewiß die hundertfünfzigtausend Francs suchen. — O, sein schurkischer Plan ist gut erdacht: Sie werden sehen, er bringt den Betrag hierher. (Sinkt auf das Sopha.)

Isabella. Raimund — was auch kommen mag — ich rette Dich.

Raimund. Auch Unschuldige sind schon verurtheilt worden.

Isabella. Ich bleibe Dir treu. Gold öffnet das stärkste Gefängniß. — Vergieb mir, daß Du durch meine Liebe in diese Lage kamst.

Raimund. Es ist Rache, gemeine Rache. Ich messe Ihnen, gnädige Frau, keine Schuld zu. Unter Schicksals=launen hat schon manch' ein ehrlicher Mann leiden müssen. (Ihre Hand küssend.) Bleiben Sie meine treue Freundin. Wer weiß, warum die Vorsehung unsere Wege jetzt trennen will.

Isabella (seinen Hals umschlingend). Ich schwöre es zu Gott dem Allmächtigen: Dein bin ich im Leben und im Tode! (Sie tritt erschreckt zurück, als Stimmen und Schritte vor der Thür laut werden.)

Dognon (mit Harcourt eintretend, ein Päckchen Banknoten in der Hand). Herr Marsan — meine Pflicht ist eine unan=genehme: ich habe die dem Herrn Banquier entwendeten hundert=fünfzigtausend Francs in Ihrem Reisekoffer gefunden — und muß Sie bitten, mir zu folgen.

Raimund (ironisch). Wirklich? — Und Herr Harcourt hat Ihnen wohl die Stelle gezeigt, wo das gestohlene Gold aufbewahrt war? (Auflodernd auf Harcourt zustürzend, ihn fassend und ihn gegen den Schreibtisch rechts schleudernd, so daß der Tisch umschlägt und Harcourt gegen die Thür fliegt.) Schurke! Raffinirter Schurke! — Doch nein: ich lehne es ab, einem Manne gegenüber meine Schuldlosigkeit zu betheuern, der das Wort „Ehre" nur dem Namen nach kennt. — Ich folge Ihnen, Herr Lieutenant. Meine Richter werden gerecht sein und mich frei geben. (Isabella die Hand reichend.) Auf Wiedersehen! In Gegenwart der Beamten keinen Abschied!

Isabella. Auf Wiedersehen. (Sie bleibt ihm zur Seite.)

Raimund (zu Harcourt). Aber Du, elender Feigling und Verleumder, hüte Dich, wenn ich zurückkehre! Das zweite Mal entgehst Du mir nicht. Wir rechnen ab. — Bitte, Herr Lieutenant. (Ab bis zur Thür.)

Harcourt (höhnisch). Auf zwei Jahre sind Sie wohlgeborgen!

Sechster Auftritt.

Hortense. Die Vorigen.

Hortense (rasch eintretend und sich Raimund an die Brust werfend). Raimund, Du hier? Ich hörte Deine Stimme. Was hat man Dir gethan? Wo gehst Du hin?

Raimund. Die gnädige Frau wird es Dir sagen. Doch höre: Dieser Mensch beschuldigt mich, aus seiner Casse 150.000 Francs gestohlen zu haben. Ich muß zur Polizei.

Hortense. O, er lügt, der Schändliche. Ich komme mit Dir, ich will's den Richtern erzählen, was er mir gethan, ich will . . .

Isabella. Beruhigen Sie sich, Fräulein Hortense; es wird sich Alles aufklären. (Sie zieht das weinende Mädchen an ihr Herz.) Gehen Sie mit Gott, Herr Marsan; ich sichere Ihnen glänzende Vergeltung. (Beide schütteln ihm die Hand.)

Raimund. Innigsten Dank, meine Damen. — Ich bin bereit, Herr Lieutenant. (Zu Harcourt.) Auf morgen Früh! (Mit Dognon ab.)

Harcourt (erleichtert). So, der ist gesichert! — Und nun zu Ihnen, Madame!

Hortense (aus Isabella's Armen sich befreiend, umschauend, angstvoll). Wohin ist Raimund? Fort?! Erbarmen! Ich muß ihm nach. Lassen Sie mich, gnädige Frau. (Händeringend zu

Harcourt.) Gnädiger Herr, haben Sie doch Erbarmen mit
Raimund. Sie wollten ja schon mich in's Verderben bringen —
o, Himmel, Himmel, ist denn gar keine Rettung möglich?
(Sie eilt zum Betschemel und sinkt auf die Knie.) Heilige
Madonna, hilf uns ... (leise weiter.)

Isabella (zu Harcourt, in maßloser Verachtung.) Wenn Sie
noch einen Funken Gefühl in Ihrer Brust trügen, so würden
Sie beim Anblick dieses gehetzten Opfers erröthen und
Ihren bübischen Anschlag gegen Marsan zurücknehmen.
Ihnen aber fehlt die Scham, ehrlich zu sein — und mit Ihrem
schurkischen Gewissen sind Sie auch im Stande, Ihre Anschuldigung durch einen wissentlichen Meineid zu krönen.
(Zu Hortense.) Verzeihen Sie einen Augenblick, ich bin gleich
wieder hier. (Ab.)

Harcourt (auflachend, nachrufend). Sie kommen zu spät,
Madame. Haha! Solche Rührscenen sind doch köstlich! (Sich
auf einen Sessel, links, werfend und Hortense betrachtend.) Sie
sehen in dieser Stellung entzückend aus, mein theures
Fräulein. Aber warum knieen Sie vor einer Holzfigur und
nicht von mir? Diese hölzerne Madonna kann Ihnen nicht
helfen, ob Sie Ihre zarten Hände auch noch so sehr wund
reiben und Ihre schönen Augen verweinen. Kein Gott und
kein Teufel ist im Stande, Ihren Bräutigam zu befreien,
als allein nur ich!

Hortense (sich erhebend). Ja, Herr — ich bitte Sie auf
den Knieen (thut es), geben Sie meinen Verlobten frei. Er
hat Ihnen nichts entwendet, er konnte Ihnen nichts
nehmen, denn er ist einer gemeinen, ehrlosen Handlung nicht
fähig. Eilen Sie, gnädiger Herr, holen Sie Raimund zurück,
ehe es zu spät wird.

Harcourt. Wie schön Sie in Ihrem Schmerze sind,
mein süßes Kind! Um Sie noch länger zu meinen Füßen
zu sehen, möchte ich Ihren Bräutigam über das Weltmeer
wissen.

Hortense (sich erhebend). Erbarmungsloser! Sie haben
kein Herz und kein Mitgefühl ...

Harcourt. O doch! Ich habe Ihnen schon einmal den
Weg gezeigt, der Sie zu Reichthum führen würde und auch
geführt hätte, wenn Marsan nicht dazwischengekommen
wäre. Sie scheinen Ihren Bräutigam recht lieb zu haben,

und deshalb will ich's noch einmal in Ihre Hände legen, nicht nur eine reiche Mitgift zu erwerben, sondern auch Herrn Marsan vor Entehrung zu retten. Ich bin bereit, Ihren Verlobten noch in dieser Stunde zu befreien, noch ehe er das Gefängniß betritt, — hier ist das Telephon zum Polizei= bureau — ich will ihn befreien, wenn Sie thun, was ich verlange.

Hortense (in fieberhafter Erregung zuhörend). Ja, ich will — ich will Alles thun, was Sie von mir verlangen, wenn Raimund nur frei wird. Sprechen Sie, gnädiger Herr, was verlangen Sie von mir?

Harcourt. Was ich verlange, ist Ihnen bereits bekannt. Sie müssen es ahnen, wenn ich's auch nicht ausgesprochen.

Hortense. O, barmherziger Gott, ich kann es mir nicht denken!

Harcourt. Ueberlegen Sie und entschließen Sie sich rasch. Ich lasse Ihnen zwei Minuten Zeit. In meiner Macht steht es, Marsan in's Gefängniß zu bringen, denn ich brauche meine Aussage nur zu beschwören. Das Geld ist in seinem Zimmer und in seinem Koffer gefunden worden. Aber ich kann auch durch ein Wort an die Polizeidirection die An= klage zurücknehmen. Schauen Sie her: ich halte das Telephon in der Hand, — wollen Sie, oder wollen Sie nicht?

Hortense (händeringend). Mein Gott, erleuchte mich, was soll ich thun?

Harcourt (ihr näher tretend). Nur das, was ich Ihnen sage: Gehen Sie auf mein Zimmer. (Er umfaßt ihre Taille. Isabella erscheint in der Thür.)

Hortense (ihn angstgefoltert anstarrend, tonlos.) Auf Ihr Zimmer?

Harcourt (überredend, leidenschaftlich). Nun ja. Auf mein Zimmer sollen Sie kommen; dort gebe ich Ihnen die 25.000 Francs. Die Nacht ist noch lang — Sie können bis zum Morgen bei mir bleiben — und dann meinetwegen in die Arme Ihres Bräutigams eilen.

Hortense (aufjammernd, flehend). Herr! — Herr —! Erbarmen Sie sich meiner Jugend — (Sie windet sich aus seinem Arm) — stürzen Sie mich nicht in Schande — ich flehe Sie an: lassen Sie mir meine Ehre!

Harcourt. Sie wollen nicht — ? Gut, ich stelle das Telephon ab. Ihr Bräutigam wandert auf zwei Jahre in's Zuchthaus.

Hortense (aufschreiend). Gnade, Herr, Gnade; ja, ich will — ich will ihn retten — (Sie greift mit der Hand zum Herzen und sinkt ohnmächtig auf das Ruhebett.) Raimund — — — — Raimund — — — —

Harcourt (mit einer cynisch-freudigen Lache vom Telephon tretend, einen Augenblick in der Mitte des Zimmers stehen bleibend und die Ohnmächtige betrachtend; dann langsam näher gehend, rasch die drei Kerzen am Spiegel löschend und die Ampel tief schraubend, so daß ein Halbdunkel im Schlafzimmer herrscht; aufhorchend, lauschend, ob Niemand kommt, zu Hortense tretend; unterdrückt). A—h, Spröde — — — nun bist Du mir verfallen. Jetzt will ich die Rose brechen, die mir so scharf ihre Dornen gezeigt. (Er versucht, Hortense aufzuheben.) Komme, mein schönes Mädchen — — auf meinem Zimmer sind wir unbelauscht und unge= stört — —

Isabella (vorstürzend, einen blitzenden Dolch aus dem Mieder reißend und nach Harcourt's Hand stoßend). Elender! (Sie schraubt die Ampel hoch.)

Harcourt (von Hortense ablassend). Pest und Hölle! (Die rechte verwundete Hand pressend.) Sie, Madame, hatte ich ver= gessen.

Hortense (mit einem Angstschrei erwachend, aufspringend und verzweifelt hinauseilend). Raimund! Raimund! rette mich! (Sie verliert ihr Armband, das klirrend zur Erde fällt.)

Isabella. Daß Sie mich vergessen — und daß Sie sich bis zur tiefsten Stufe der Gemeinheit vergessen, davon war ich soeben Zeuge. (Sie dreht den Rücken zum Zuschauerraum und steckt den Dolch unauffällig fort.)

Harcourt (ein weißes Taschentuch um die verwundete Hand schlingend, das im nächsten Augenblick rothe Blutspuren zeigt.) Wenn ich nicht irre, so galt der Dolchstoß nicht meiner Hand, sondern meiner Brust — er sollte wohl die Unschuld be= schützen, die längst das weiße Kleid abgelegt und sich nur prüde gezeigt hat. Haha, Madame: Sahen Sie, wie ich mich an Ihrem Buhlen gerächt? (Höhnisch.) Noch vor zehn Minuten lag er an Ihrem Herzen — und nun umschlingen ihn die eisernen Arme des Gefängnisses. Das war die Antwort für den Schlag, den er mir heute gegeben!

Isabella (verachtungsvoll). Ihre Rache ist so durchsichtig und gemein, daß ich's verschmähe, Ihnen eine Antwort zu gewähren. (Tritt vor den Spiegel.)

Harcourt. Jeder rächt sich, wie es ihm beliebt. Und wenn ich's vorzog, Ihren Liebhaber auf ein paar Jahre zu beseitigen, so geschah das in Ihrem Interesse und wegen der Ehre meines Hauses. Ich wollte nicht der alte Hahnrei sein, der sich von seinem jungen Weibe auf dem Kopfe tanzen läßt, wie es andere Narren von Ehemännern bewußt und unbewußt dulden. (Sein Fuß stößt an Hortense's Armband; er hebt das Geschmeide auf und legt es auf das Tischchen vor dem Ruhebette, wo die Flasche Wein mit dem einen gefüllten und vergifteten Glase steht.) Da hat das schöne Fräulein sein goldenes Armband verloren; ich glaube, ich habe es ihm zerbrochen, als es sich so tragisch gegen meine Liebe wehrte. (Er legt sich auf das Ruhebett.) Sie können es ihm wiedergeben; hier liegt es. Aber da steht ja noch der Wein, den Sie gewiß für Ihren Geliebten eingegossen. (Er greift, auf dem Ruhebett sitzend, zum Glase.) Gestatten Sie, Madame, daß ich dies Glas austrinke? (Isabella wendet den Kopf zu ihm und kehrt sich entsetzt ganz um.) Bitte, stoßen Sie mit mir an — ich will auf das Wohl des Spitzbuben trinken, der mir nicht nur hundertfünfzigtausend Francs, sondern auch mein Weib stahl!

Isabella (für sich, in fürchterlicher Unentschlossenheit). Es ist der vergiftete Wein — trinkt er das Glas leer, so ist er todt — und die Welt von einem Wüstling befreit! — Gott, was thun?! (Zusammenschauernd.) Nein — nicht durch meine Hand soll er sterben — die Avemaria-Glocken tönen noch in meinem Herzen —

Harcourt. Sie wollen nicht? Sie erbleichen? Sie schaudern, mit mir anzustoßen? (Er setzt das Glas nach rechts und füllt aus der Flasche das zweite Glas voll, das er Isabella zuschiebt.) Freilich, es ist hart, daß ich Ihren so glühend geliebten Marsan unschädlich machte. Es ist grausam — ich gestehe es ein. Aber wenn ich auch der angenehmen Mode huldige, andere Frauen und andere Bräute zu verehren, so darf meine Frau von einem Andern nicht ungestraft geliebt werden, so lange mir meine Millionen die Macht geben, jeden Feind unschädlich zu machen und das Weib, das mir untreu wird, aus der Gesellschaft zu stoßen. — Und Ihr Buhle liebt Sie doch so rasend, wie Sie ihn?

Isabella. Entfernen Sie sich, Banquier Harcourt — sonst könnte ich vergessen, daß ich ein Weib bin. (Sie geht von links mit gerungenen Händen und gesenktem Haupte an Harcourt vorüber nach rechts und kniet vor dem Crucifix stumm und betend nieder.)

Harcourt (in die linke Ecke des Ruhebettes rückend, die Beine übereinanderschlagend und über die Lehne halblinks sich Isabella zuwendend). Ha, meine Gnädige, wenn ich von Ihrem Galan spreche, so scheint es Ihnen unangenehm zu sein. Und mir macht es ein so großes Vergnügen! — Wie viel Mal hat er Ihnen Treue geschworen? Wie viel Mal hat er Sie heute geküßt? — Wissen Sie, daß meine Lippen Ihren Mund noch nie berühren durften, trotzdem ich Ihr angetrauter Gatte bin? Pest und Hölle — Sie sind schön, Madame, betend, oder zürnend. Warum sind Sie so grausam zu mir? Sie haben mich während unserer ganzen Verheiratung noch nicht ein einziges Mal in die Arme geschlossen — — und haha! es ist einzig, für die ganze Welt unglaublich: Sie sind eine Ehefrau, aber doch noch ein Mädchen, eine Jungfrau! (Isabella erhebt sich vom Betschemel, steht einen Augenblick mit zum Crucifix gerichteten Augen da und wendet sich dann langsam Harcourt zu.) Beim Satan — wie Ihre Augen aufblitzen — welch' ein Stolz des eigenen Werthes aus Ihren Zügen spricht! Madame, Sie sind bezaubernd schön. Ich trinke auf Ihre Schönheit (er hebt den vergifteten Wein empor) und auf die nicht allzu ferne Stunde, wo Sie mir ganz gehören werden und ich Ihr süßes Lager theilen darf.

Isabella (entsetzt). Niemals! niemals! (Warnend.) Trinken Sie nicht von diesem Wein!

Harcourt (sich vom Ruhebett erhebend). Warum nicht? Etwa weil er für mich nicht bestimmt war? — Ha, ich weiß es: Ihr Geliebter sollte das Glas leeren und dann süß an Ihrem Busen entschlummern. — Nun, wenn Sie mich nicht lieben — und Ihr Herz noch ferner dem Spitzbuben Marjan zugethan bleibt, so will ich mir einen Ersatz suchen, der Ihnen an körperlichen Reizen nahe steht. Ich schwöre es Ihnen hiermit bei allen Mächten der Hölle und der Verdammniß, daß ich mit der Macht meines Goldes noch heute meine Wünsche erreiche, noch heute Fräulein Hortense in diesen Armen halten werde, und sollte ich sie durch bezahlte Knechte in mein Bett schleppen lassen! — Was ist mir ein

Weib? Eine Rose, die ich breche und nach einer Stunde auf die Gasse werfe! — (Höhnisch, cynisch.) Madame Harcourt: Trinken Sie mit mir auf meine **neue Geliebte**, auf Hortense Renier — (Er ist mit einem raschen Schritt auf Isabella zugetreten; sein Blick fällt auf das Armband — er ergreift das Geschmeide mit der Linken und starrt es an. Seine Hand beginnt zu zittern. Er schaut einen Moment sinnend seitwärts, dann mit einem Ausdruck des Erkennens auf das Armband; erregt.) Wen, wen stellt dies Bild vor? Isabella, um aller Heiligen willen, wer ist dies Bild?!

Isabella. Das Bild ist Fräulein Hortense's Mutter.

Harcourt (mit einem Ruf des Entsetzens das Glas fallen lassend und mit beiden Händen das Armband vor sich haltend). Das — Bild — — ist Hortense's — Mutter?!

Isabella (kalt, ahnungslos). Ja, ihre Mutter. Was interessirt Sie die todte Dame!? — Geben Sie mir das Armband her, ich will es zu Hortense tragen.

Harcourt (wie irr von Isabella zurückweichend, sie angstvoll anschauend; dann scheu, heiser, für sich). Ja — das ist Eugenie Renier, Eugenie Renier — — Vor zwanzig Jahren habe ich sie geliebt — verrathen — betrogen — verlassen — (Murmelnd auf= und abschleichend, gebückt, das Bild vor sich haltend und mit beiden Händen an die Schläfe greifend.) Betrogen — verlassen — (Auffahrend, wild, erinnerungsgehetzt.) In London hat sie ein Mädchen geboren — es war mein Kind — es war mein Kind — (Er rast herum.) Und Hortense, die ich verführen, die ich zu meiner Maitresse machen wollte (grell, hohnlachend aufschreiend) Hortense ist meine Tochter!! (Er taumelt zum Schreibtisch rechts und bricht ächzend auf dem Sessel zusammen.)

Isabella (auf ihn zustürmend). Wahnsinniger: Deine Tochter?!!

Harcourt (irrsinnig auflachend und abstürzend). Hortense· — ist — meine — Tochter!!!

Vorhang fällt.

Dritter Aufzug.

Im Kirchhof Montmartre.

(Dieser Act spielt drei Wochen später.)

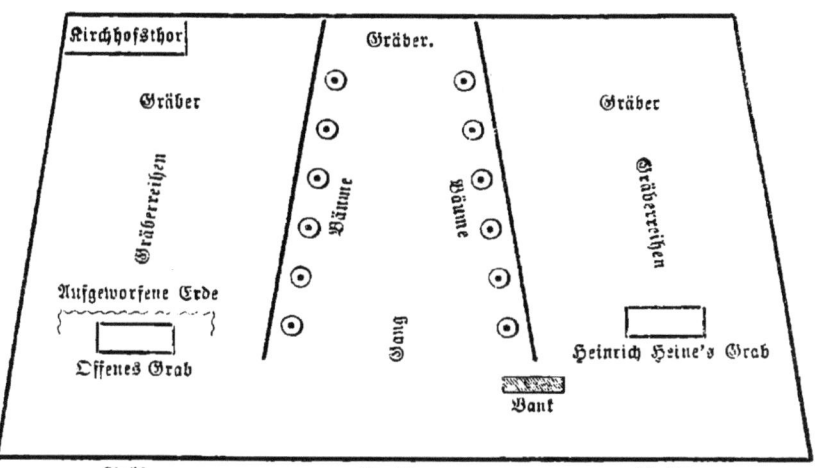

(Im Kirchhof Montmartre. In der Mitte ein zwei Meter breiter Kirchhofsgang, der in der Perspective ausläuft. Links und rechts Grab an Grab und Denkmäler aller Art. Vorne am Gange rechts eine Bank. Links über dem Wege ein frisches offenes Grab mit vier Brettern überlegt. Dahinter die aufgeworfene Graberde; sechs Spaten stecken darin. Rechts Heinrich Heine's Grab, mit deutlich zu lesender Inschrift im Denkmal. Es ist Nachts halb zwölf Uhr, der Kirchhof dunkel, am Himmel Sterne und die fahle Mondsichel im Hintergrunde halblinks. Es rauschet und wehet in den Bäumen und leichte Blitze verkünden Sturm und Gewitter. Beim Aufgehen des Vorhanges kommt der alte Kirchhofswärter aus dem dunklen Hintergrunde rechts hervor, geht langsam und schweigend durch die Gräberreihen über den Mittelgang nach links bis zu dem offenen Grabe, betrachtet

6*

dasselbe, leuchtet mit seiner Handlaterne hinein, steckt die Spaten fest, geht bis zur Bank rechts, wischt dieselbe ab, schaut zum dunklen Himmel und dann auf seine Uhr. Alles langsam und genießen: er wartet auf Jemanden. Plötzlich ertönt die Thorglocke. Der Wärter geht rasch den Gang hinunter und links ab. Die Bühne bleibt leer. Pause.)

Erster Auftritt.

Isabella. Kirchhofswärter.

Isabella (schwarz gekleidet und schwarz verschleiert, wird von dem Kirchhofswärter zu der Bank geleitet, auf welcher sie sich erschöpft niederläßt). Ist das der bestimmte Platz? Hat uns Niemand geseh'n?

Kirchhofswärter (monoton, langsam). Dies ist der bestimmte Platz — und Niemand sah uns. (Er stellt die Handlaterne auf die Ecke der Bank.)

Isabella (ihm eine Börse reichend). Nehmen Sie Ihren Lohn; es sind eintausend Francs. Das Dreifache erhalten Sie und der Gefängnißwärter, wenn der fremde Herr glücklich hier zur Stelle ist.

Kirchhofswärter. Der Gefängnißwärter hält sein Wort: er bringt den Gefangenen auf eine halbe Stunde hierher. Aber ich warne Sie, Madame; wenn der Herr entfliehen wollte, würde er niedergeschossen werden.

Isabella. Er wird nicht entfliehen. Jetzt gehen Sie.

Kirchhofswärter. Soll ich die Handlaterne hier lassen? Es ist eine schauerliche Nacht, Madame. Hören Sie, wie in der Ferne der Donner grollt und sehen Sie das Zucken der Blitze? — Ich weiß nicht, wer Sie sind, ob Sie das Unglück hergeführt oder der sträfliche Leichtsinn. Man giebt sich auf dem Kirchhof Montmartre um Mitternacht kein Rendez-vous mit einem Lebenden, wenn man die Sonne nicht zu scheuen hat. Hier rufen nur verzweifelte Herzen die stillen Schläfer hinauf — und der Suchende findet ohne Führer das Grab seiner Verlorenen.

Isabella (vor sich hinsprechend). Mich hat das Unglück hergeführt, das Unglück, das unter der Sonne nicht sprechen, im Gewühl der Menschen nicht gehört werden will. Und nun möchte ich allein sein!

Kirchhofswärter. Der fremde Herr kommt noch nicht, denn die Thorglocke hat noch nicht angeschlagen. — Ich bin

über sechzig Jahre lang ein Wärter dieses Kirchhofes und
jede Nacht der einzige Lebende unter diesen Todten. Und in
manchen Mitternächten, wenn die Sichel des Mondes dort
hinter den düsteren Kirchhofslinden stand, sah ich das Walten
der abgestorbenen Seelen . . .

Isabella. Was todt ist, kommt nicht wieder.

Kirchhofswärter. Es kommt wieder, Madame, glauben
Sie es einem alten Greise. Schauen Sie, dort ist ein frisches,
offenes Grab, morgen einer berühmten Dame letzte Ruhe=
stätte. Nicht zwölf Stunden lang wird sie begraben sein,
dann wandelt ihre Seele. — Da hinten und hier herum,
wo berühmte Frauen und Männer: Sänger und Schauspieler,
Dichter und Musiker, Maler und Bildhauer und alle jene
Menschen schlummern, deren Genie und Talent Schönes
erschaffen, sah ich es aus den Gräbern steigen und herum=
wandeln. Lautlos geht Alles. Die weißen Schatten in den
langen Nebelgewändern begrüßen sich und raunen und flüstern
einander zu. Es sind nicht die Seelen gewöhnlicher Menschen —
o nein, Madame: nur die Seelen der gottbegnadeten
Menschen dürfen zwölf Mal im Jahre den Gräbern ent=
steigen. Wenn um Mitternacht die Sichel des Mondes den
Kirchhof bescheint, erzählen sich die auserwählten Todten
ihre Träume . . .

Isabella. Alter Mann — ich ehre Ihren schönen Glauben
an das Weiterleben der Menschenseele — aber wenn Sie
so weiterreden, fürchte ich mich. Gehen Sie jetzt lauschen, ob
der Wagen noch nicht kommt, und wenn der fremde Herr
erscheint, geben Sie sorgsam Acht, daß uns Niemand stört.

Kirchhofswärter. Ich gehe, Madame. Fürchten Sie
sich nicht: wenn Ihr Gewissen frei von aller Schuld ist,
sind Sie in der dunklen Nacht des Kirchhofs ebenso sicher
geborgen und behütet, wie in Gottes Schooß. (Langsam mit der
Laterne ab.) Vergessen Sie nicht, dort links ist ein offenes
Grab.

Isabella. A—h, zum ersten Male in meinem Leben
Nachts auf einem Kirchhof! — Aber in anderer Weise
konnte ich heute den Spähern meines Mannes nicht entgehen.
(Ein Windstoß sanft über die Gräber.) Wie mir das Herz schlägt!
Hui — es ist schauerlich. Das Wallen und Biegen der
Bäume gleicht dem höhnischen Verneigen lauernder Feinde —

und das offene Grab scheint wartend seine Arme auszu-
strecken. Meine Füße sind schwer wie gelähmt. (Sie erhebt sich.)
„Wenn Ihr Gewissen frei von aller Schuld ist, sind Sie in
der dunklen Nacht des Kirchhofes ebenso sicher geborgen und
behütet, wie in Gottes Schooß", sagte der Greis? Ha! ist
mein Gewissen frei von aller Schuld? Darf ich Gottes
Beistand in dieser grauenvollen Nacht erhoffen? — Schuld?
Schuld?! Was habe ich denn verschuldet? Ist's ein Verbrechen,
dem unabwendbaren Drange des Herzens zu folgen, sein
Lebensglück zu erjagen, zu erkämpfen und eine schmerzende,
eiserne Fessel abstreifen zu wollen, die ein kaltes Sittengesetz
um ein junges Menschenleben gelegt? Was kümmert sich das
Gesetz, was kümmert sich der Priester um das Glück, um
den Seelenfrieden eines Weibes? Beide sind nur die Ketten-
schmiede, die gleichgiltig ihre Arbeit thun — und wenn diese
geschehen ist, mag das Weib sehen, wie es mit seinem Schicksal
allein fertig wird. Zwei Wagenpferde, die nicht zusammen-
passen, trennt man nach der ersten Probefahrt. Ein Menschen-
paar jedoch, das nicht zusammenpaßt, hält man gewöhnlich
so lange gefesselt, bis der schwächere Theil zu Tode geschleift
ist. Für das Thier hat der Mensch ein rasches Erbarmen,
für sich selbst findet er oft kein Mitleid. — Ja, ich bin
ohne Schuld — und Du Gott dort Oben wirst mir helfen,
daß ich wieder glücklich werde . . . (Sie lauscht.) Es nahen
Schritte, zwei Männer kommen — — ich muß zurücktreten, denn wer weiß, wer es ist. (Sie tritt hinter einen hohen
und breiten Grabstein, links.)

Zweiter Auftritt.

Raimund. Gefängnißwärter. Isabella.

Gefängnißwärter (mit Raimund rasch den Gang heraus-
kommend und vor der Bank stehen bleibend.) Wir sind zur Stelle,
mein Herr. Ziehen Sie die Arbeiterblouse aus und geben
Sie mir auch den Spaten und die Hacke, damit ich Beides
in der Nähe verbergen kann. (Geschieht.) Hier ist Ihr Mantel —
bitte, ich helfe Ihnen anziehen. So, — hier ist der Hut und
der Stock. Die Mütze nehme ich mit. Jetzt sind Sie wieder
der Herr Marsan. Und nun wiederholen Sie mir noch einmal hier auf dem Kirchhofe Ihr Ehrenwort.

Raimund (ihm die Hand reichend). Ich gebe Ihnen mein Ehrenwort, daß ich nicht entfliehen, sondern in einer halben Stunde zu Ihrer Verfügung stehen werde.

Gefängnißwärter. Ich danke Ihnen, mein Herr. Vor ein Uhr nach Mitternacht, ehe die Revision beginnt, müssen wir wieder im Gefängniß sein. (Ab.)

Raimund. Welch' eine geheimnißvolle Macht hat mir den Kerker geöffnet und mich zu diesem Ort beschieden? Giebt es in unserem großen Paris keinen anderen verschwiegenen Platz, als den Kirchhof Montmartre? (Leises Donnerrollen.) Und da kommt auch ein Gewitter. Es muß mich doch Jemand sprechen wollen; vielleicht der Herr Banquier selbst, oder ein von ihm gedungener Bandit. Ich habe keine Waffe — und im Falle der Noth keinen Beistand. Was finde ich nur gleich? Ein Ast, ein Stock nützt wenig. (Blitze zucken.) Dort sah ich ein kleines eisernes Kreuz, das will ich holen. (Er geht rechts in die dunklen Gräber hinein, bemüht sich, von einem Grabe ein circa ein Meter hohes, fünf Centimeter breites eisernes Kreuzlein auszuschrauben und kommt mit demselben langsam vor; die Inschrift lesend:) „Eugenie de Mores, gestorben im ersten Lebensjahre." Das Denkmal eines kleinen Engels! (Zu dem Grabe hinüberrufend.) Ich bringe Dir Dein Kreuzlein wieder, wenn ich diese Stätte glücklich verlasse. (Er stellt das Kreuz hinter die Bank.) . . . . . Dort drüben, kaum zehn Minuten von hier, ist Harcourt's Villa. Wie wird es Hortense er= gehen, dem lieben, verlassenen Ding? und wie der unglück= lichen jungen Frau? (Er hüllt sich in seinen Mantel und versinkt in Nachdenken.) Sie wollte mich retten; doch das ist unmöglich ohne Beweise meiner Schuldlosigkeit.

Isabella (sich vorbeugend). Ja, ich rette Dich, Raimund Marsan . . .

Raimund (aufspringend und in das Dunkel starrend). Wessen Stimme war das? Wer will mich retten?!

Isabella (vortretend). Ich . . . (Sie streckt ihm beide Hände entgegen.)

Raimund. Verzeihung — ich habe nicht die Ehre, die Gnädige zu kennen.

Isabella (den Schleier zurückschlagend). Du kennst mich.

Raimund. Isabella! Die gnädige Frau! (Pause.) Sie haben mir das Gefängniß geöffnet?

Isabella (einfach). Wer sollte es sonst thun?

Raimund (abgewendet). Es ist wahr: Sie versprachen es.

Isabella. Ich banne die Freude des Wiedersehens in kalte Vernunft . . . (Seine Hand ergreifend.) Kommen Sie, Raimund, dort zur Bank. Wir wollen ruhig mit einander sprechen. (Sie setzen sich.) Hier sind wir sicher. Die Todten besolden keine Späher — und der Kirchhof ist auf Erden der einzige Ort der Wahrheit.

Raimund (halb abgewendet). Warum ließen Sie mich nicht in meiner stillen Zelle?! Warum beschwören Sie durch Ihre Nähe neue Unruhe und neues Verlangen in meiner Brust empor? Ich habe schwer gerungen, bis ich des Herzens flehende Wünsche getödtet zu haben vermeinte, bis ich glaubte, vergessen zu können. Und nun zwingen Sie mich, wiederum Ihrer zu gedenken!

Isabella (vor sich hinsprechend). Was Sie empfanden, durchkostete ich in tausendfach wilderer Tiefe. — — — Als man Sie vor drei Wochen in jener unglücklichen, unvergeßlichen Nacht in meinem Boudoir verhaftete, spielte sich nach Ihrem Fortsein eine Scene ab, die anzusehen und anzuhören Ihnen das Schicksal erspart hat. — Hortense stürzte vor Harcourt auf die Kniee und flehte um Ihre Freiheit.

Raimund. Und er, der verächtliche Denunciant? —

Isabella. Es machte ihm Freude, das arme Wesen in seiner Angst zu sehen. Und als ich ihm sagte, daß er, wenn er noch einen Funken Gefühl in seiner Brust trüge, beim Anblick dieses gehetzten Opfers erröthen müßte, war seine Anwort ein cynisches Lachen. — Während dann Hortense vor der heiligen Madonna im Gebete kniete, eilte ich in den Garten, mit dem wahnsinnigen Willen, Ihre Verhaftung zu verhindern. Und als ich nach fünf Minuten wieder in's Zimmer trat, lag Hortense ohnmächtig auf der Ottomane. Der Banquier hatte durch die Drohung, Sie, Raimund Marsan, auf zwei Jahre in's Zuchthaus zu bringen, das Fräulein derart zur Verzweiflung getrieben, daß es nach dem vergeblichen Aufschrei: „Lassen Sie mir meine Ehre!" physisch und psychisch willenlos wurde und, um Sie zu retten, seine frevelhaften Bedingungen zu erfüllen versprach. — Ich kam in dem Augenblick hinzu, als er das ohnmächtige Mädchen auf sein Zimmer tragen wollte . . . — und ich stieß ihm meinen Dolch durch die Hand.

Raimund (erregt). Wie soll ich Ihnen danken, daß Sie abermals der rettende Engel meiner Verlobten geworden sind! — Welch' einen Heldenmuth, welch' eine Aufopferung hat Hortense gezeigt!

Isabella (ruhig abwehrend). Keinen Dank. Es war nur Menschenpflicht, was ich gethan.

Raimund. O nein, gnädige Frau: bei Ihnen war es mehr als Menschenpflicht — bei Ihnen war es — —

Isabella. Lassen Sie mich weiter erzählen. Hortense floh aus dem Zimmer; ich blieb mit meinem Gatten allein. Seine teuflische Freude: Sie beseitigt zu haben, zerriß mir das Herz. Einen Augenblick war sein Leben in meine Hand gegeben — — ich schauderte zurück . . . — Dann schwur er bei allen Mächten der Hölle und der Verdammniß, Hortense noch in derselben Nacht zu erringen, sie durch bezahlte Knechte in sein Bett schleppen zu lassen.

Raimund. Der Bube, der Vampyr — und ich konnte nicht dabei sein, ihn zu zertreten wie eine zischende Schlange! (Rasch Isabella's Hände ergreifend.) Wo ist Hortense — wo ist sie jetzt? Noch habe ich eine halbe Stunde Freiheit, sie aufzusuchen und ihr für den grenzenlosen Edelmuth zu danken. Und wo ist er, der verruchte Schurke? Ich will ihm die gleißnerische Zunge aus dem Halse reißen und sie den Hunden vorwerfen. Kommen Sie mit mir, gnädige Frau, oder geben Sie mir den Schlüssel zu Ihrem Hause, damit ich den Ehrabschneider von seinem seidenen Lager stoßen und meine Rache beginnen kann.

Isabella (langsam). Bewahren Sie Ihre Ruhe, mein theurer Freund. Sie haben wohl ein großes Recht — und ich darf es jetzt sagen: sogar ein doppeltes Recht, für Fräulein Hortense's Ehre einzutreten; aber nach Lage der Sache können Sie vorläufig nichts thun. Sie müssen warten.

Raimund (leidenschaftlich). Madame — wie soll ich warten, wenn ich meine Aufregung nicht mehr zu bannen vermag?! Wie soll ich warten, wenn ich nach einer halben Stunde Freiheit wieder ein Gefangener bin?! Fordern Sie Alles von mir, nur nicht diese Säumniß, die ein Mann in meiner Situation nicht verstehen kann.

Isabella. Und doch müssen Sie sich geduldig fügen. — Es ist in jener Nacht in dem Leben Hortense's eine derartige

Wendung eingetreten, die in ihrer Urplötzlichkeit mich so tief ergriffen, daß ich in schwerer Nervenkrankheit volle zwanzig Tage zu Bette lag. Aus diesem Grunde vermochte ich eine Mittheilung in Ihre Gefangenschaft nicht gelangen zu lassen.

Raimund (mit Wärme). Vergeben Sie mir, gnädige Frau, wenn ich, in meinem Egoismus nur an Hortense denkend, noch kein volles Empfinden für Ihre Theilnahme und Hilfe offenbarte und äußerlich Ihnen als Undankbarer erscheinen muß. — Hätte ich geahnt, daß Sie unseretwegen krank geworden, meine ausschließliche Sorge wäre nicht allein an Hortense haften geblieben. Ich wäre im Geiste an Ihrem Lager gewesen und hätte Ihre gütigen Hände geküßt für alle Liebe, die Sie uns erwiesen.

Isabella. Ich ehre Ihr Gefühl für Hortense . . . (Pause.) Doch die Zeit drängt. Hören Sie mich weiter: Mein Gatte war in jener Nacht aus dem Hause geeilt und blieb wie verschollen. Hortense pflegte mich treu und aufopfernd. Ich hatte der Dienerschaft den strengen Befehl ertheilt, über ihren Aufenthalt zu schweigen. Gestern Nacht kehrte mein Gatte plötzlich heim. Ich hörte ihn im Hause nach Hortense fragen. Dann ging er in sein Zimmer und verpackte viel Gold. Gegen zwei Uhr Morgens trat er in mein Schlaf= gemach. Er hatte Haupt= und Barthaar kürzen lassen. Ich stellte mich schlummernd. Vor Angst stand mir das Herz still. Er neigte sich über mein Lager und lauschte auf meine Athemzüge. Als er mich schlafend wähnte, ging er auf und ab im verworrenen Selbstgespräche. Plötzlich knirschte er zwischen den Zähnen: „Ich muß Hortense finden und — sie tödten, denn so entgehe ich am Besten den Händen des Staatsanwaltes."

Raimund (entsetzt). Hat er sie gefunden? Hat er ihr ein Leid gethan? Gerechter Gott, Madame, ist das die Wendung in Hortense's Leben, von welcher Sie vorher sprachen?

Isabella. Nein. Er hat sie noch nicht gefunden; und warum er sie tödten will, der Grund liegt nicht allein in seinem Angriff auf ihre weibliche Ehre. — Als er mein Zimmer verlassen, sprang ich aus dem Bette. Noch schüttelte das Fieber meinen Körper — ich achtete nicht darauf. Ungesehen kam ich aus dem Hause. Nach einer Stunde war ich in Ihrem Gefängniß und hatte den Wärter für mich gewonnen. Ich ließ als Bürgschaft mein Portefeuille mit zwanzigtausend Francs in seinen Händen — und ich wünschte unsere Zusammenkunft auf diesem Kirchhof . . .

Raimund (ihre Hand an seine Lippen führend). Warum an diesem traurigen Ort?

Isabella (mit Thränen kämpfend, die Hände im Schooße, vor sich hinstarrend). Weil ich hier sterben will, wenn ich Sie gerettet habe.

Raimund. Sie edle, anbetungswürdige Frau, Sie sollen noch nicht sterben, sondern das Glück des Lebens in seiner ganzen Blüthenpracht genießen.

Isabella. Des Glückes Rosen blühen mir nicht mehr, ein kalter Reif hat ihre Knospen getödtet.

Raimund. Aber der Frühling wird wiederkommen mit seinen linden Lüften und neue Knospen und Blüthen er-wecken. Des Menschen Schicksal ändert sich oft in einer Nacht; und wenn die Verzweiflung gestern noch am Lager stand, kann die Hoffnung schon morgen ihre Stelle einnehmen.

Isabella. Bei mir nicht mehr . . .

Raimund. Doch, gnädige Frau, auch bei Ihnen. — In meiner engen Gefängnißzelle hatte ich in manchen schlaf-losen Nächten seltsame Gedanken. Und sonderbar, wenn ich ehrlich sein soll: der größte Theil meiner Wünsche drehte sich um Ihr Bild.

Isabella (ihn groß und fragend anschauend). Um mein Bild?

Raimund. Ja. Dort empfand ich, wie unbeständig und wankelmüthig das Menschenherz in seinem Leid und seinem Lieben ist. Wie oft hängt das Glück des Herzens von einer jäh eintretenden neuen Lebenssituation ab; wie oft glaubt man, ein geliebtes Wesen nie entbehren zu können — und da kommt eine Stunde, welche diesen Glauben in's Wanken bringt, das Herz in dem Gedanken an eine längere oder bleibende Trennung ruhiger schlagen läßt! — Ich dachte an meine Braut, an die Schmach, die ihr von Herrn Har-court geworden, wohl stündlich — und sann auf Mittel und Wege, das arme Kind so bald wie möglich auf immer an mich zu ketten. Aber zwischen diesem Gefühl für Hortense drängte sich ein unerklärliches heftiges Empfinden für — für Isabella Ganganelli so mächtig hervor, daß es mich mit süßen Schauern faßte und meine Seele erschrocken vor diesem Räthsel stand.

Isabella (hauchend). Weiter . . .

Raimund. Ich gedachte der Stunde unseres Abschiedes, wo ich Isabella Ganganelli in meinen Armen hielt, ihre wonnigen Blumenlippen küßte und gelobte, sie bis hinüber nach jenem Reiche der Weltennacht nicht zu vergessen . . .

Isabella (wie vor). Weiter — weiter . . .

Raimund. Und als ich unter der Anschuldigung des Diebstahls stand — und trotz dieser Anklage das schöne, unglückliche Weib meinen Hals umklammerte und zu Gott dem Allmächtigen schwur: „Dein bin ich im Leben und im Tode," —

Isabella (leise, verklärt, sich leicht an seine Schulter lehnend). Dein — bin — ich — im Leben und im Tode — — —

Raimund. Da zog in mein Herz ein namenloses Erbarmen, ein heißes erstickendes Mitleid, das mir die Thränen in die Augen preßte. Sich widerstreitende Empfindungen durchtobten meine Brust: Die zwei Namen, Hortense und Isabella, rollten umeinander wie zwei goldene Kugeln des Glücks — und mich zog es mit wildem Verlangen, die zweite Kugel zu erhaschen.

Isabella (seelenvoll, beglückt). Raimund — — —

Raimund (seufzend). Es war ein Frevel, ich wußte es; — es war ein Treubruch, ich fühlte es; — — und doch konnte ich das glühende, begehrende Empfinden nicht unterdrücken. Mächtig und immer mächtiger wallte es auf, brachte die Seele in Zwiespalt und wiegte sie wieder in beruhigende, wonnevolle Träume. Sehnend streckte ich die Arme zu dem berauschend schönen Phantom, lächelnd und gewährend kam es mir entgegen — und ich kniete zu seinen Füßen: — Isabella Ganganelli! hauchten meine heißen Lippen. Da sah ich um den Finger dieser zaubersüßen Märchengestalt einen goldenen Trauring blitzen und flimmern — und dieser Glanz erstickte das Wort der Liebe in meinem Herzen . . .

Isabella. Raimund — welch' ein Himmel öffnet sich mir —?!

Raimund. Isabella — —

Isabella. O mein Freund, — so lange der Glanz dieses Trauringes meinen Finger umwebt, will ich die Empfindlichkeit Ihrer Mannesehre nicht mehr berühren und Sie durch eine Frage, deren Grund mein Herz mit Seligkeit erfüllt, von dem Wege Ihrer strengen Moral abbringen. Haben Sie Dank für diesen goldenen Hoffnungsstern, Dank, innigsten Dank. Bald, gar bald werden Sie erfahren, daß der liebe Gott über die drei Namen Hortense, Raimund und Isabella eine andere Rangordnung beschlossen hat, als sie bisher bestanden.

Raimund (niederknieend). O Madonna der Erdenliebe: ich weiß es nicht, ist es Glück oder Unglück, das mich zu Deinen Füßen zieht. (Er birgt sein Haupt in ihrem Schooß.)

Isabella (ihn zärtlich emporhebend). Nahendes Glück ist's, nahende Erdenseligkeit . . . (Einen Moment an seiner Brust lehnend.) Hier unter den stillen Schläfern neige ich mein Haupt auf Dein Herz, das ich in verzehrenden Wünschen so lange für mich ersehnt und das nun endlich, endlich mir für ewig gehören soll. — Raimund Marsan, Du weißt es noch nicht, daß ich Dich jetzt lieben darf — ich will es Dir nicht erklären, — aus anderem Munde sollst Du es hören und dann freiwillig zu mir kommen. — Nein, frage mich nicht — noch bleibe es Dir ein Geheimniß! Ehren wir diesen heiligen Ort, indem wir unseren Herzen Ruhe gebieten und unsere Zukunft in die Hand des barmherzigen Gottes legen. — Laß' mich von Dir Abschied nehmen — noch einmal mit ganzer Seele Dich umfassen, in dem bebenden Gedanken, daß unsere Herzen für einander gehören in Zeit und Ewigkeit. (Ihre Arme um seinen Hals schlingend, langsam und innig.) Raimund:

Ich möcht' mit Dir die gleichen Leiden tragen,
    Den gleichen Schmerz durch meine Seele zieh'n —
Ich möcht' mit Dir, vom Lebensturm verschlagen,
    Gemeinsam durch die wilden Wogen flieh'n!

Dein Schiff und mein Schiff furchten durch die Meere —
    Wir wußten von einander keinen Ton — —
Ein Sturm durchraste uns're Segelheere
    Und warf zusammen uns mit gellem Hohn.

Wir sah'n uns an, — und des Orkanes Wettern
    Vermochte nicht zu trennen uns'ren Blick,
Wir fühlten's heiß im gellen Donnerschmettern,
    Daß uns're Seelen knüpfte das Geschick.

Und uns're Kiele schneiden durch die Wogen,
    Gemeinsam trotzend dem empörten Pfad —
Und Thau und Thau, verkettet und verzogen,
    Seh'n wir von fern' das brandende Gestad'.

Wir wissen's nicht, ob wir das Ziel erreichen,
    Doch die Gefahr preßt uns're Hand in Hand.
Im Schiffbruch wirft der Sturmwind uns're Leichen
    Umschlungen an des Lebensmeeres Strand! ..

Raimund. Wo die Empfindung des Herzens ihren
Höhepunkt erreicht, da wird sie blühende Poesie. Ja, Isa=
bella: Wir wissen's nicht, ob wir das Ziel erreichen, doch
die Gefahr preßt uns're Hand in Hand. Im Schiffbruch
wirft der Sturmwind uns're Leichen umschlungen an des
Lebensmeeres Strand! .. (Er umarmt sie.)

Isabella. Horch — was war das? Ich höre Schritte.
Vom Kirchhofsthore kommt es her!

Raimund. Noch schlug die Uhr nicht Mitternacht.
Bleiben Sie hier, gnädige Frau; ich will schauen, wer da
kommt. (Links ab.)

Isabella (allein; von einem Grabe ein Blümlein pflückend.
Nach einer Pause). Wie gut haben es die Todten! Die Herzen,
die hier ruhen, bangen und zittern nicht mehr um ihr Liebes=
glück. Was wären dem Menschen alle Freuden der Welt,
aller Reichthum und alle Ehre, wenn der unergründliche
Geist dort Oben nicht die Liebe in sein Herz gelegt? — Und
wenn hier in diesem Grabe eine Kaiser= oder Königsfrau
läge in goldenem Sarge mit diamantener Krone — und sie
hätte in ihrem Leben die wahre Liebe nie gefühlt, nie das
Leid und das Glück einer Mutter durchkostet, wahrlich: sie
wäre ärmer gewesen als eine Bettlerin, die auf einem Lager
von Stroh das erste Pfand ihrer Liebe an die klopfende
Brust drückt. Wie manch' ein Weib hat in dem Anblick

ihres Kindes, das sie in Liebe geboren, die wahnsinnigsten
Schmerzen ohne einen Laut der Klage ertragen, Trübsal
und Unglück vergessen, — und wie manch eine junge Mutter
hat mit einem herzbrechend glücklichen Lächeln auf ihr Kind
geblickt, wenn der Engel des Todes ihre feuchte Stirne küßte
und sie das höchste Glück ihrer Liebe mit dem Leben bezahlen
mußte . . . — Ist es für ein Weib nicht besser, mit dem
geliebten Manne die kleinste Hütte und das kärglichste Mahl
zu theilen, als einem ungeliebten Manne anzugehören, den
das Herz nie ersehnt, den die Lippe nie freiwillig küssen
will? — Wie manch' einem Weibe durchzittert in einsamen
Stunden das märchenhafte Glück jener ersten Jugendliebe
und spiegelt sich in den stummen Thränen wider, die Glanz
und Reichthum nicht verdecken können. Ein Frauenherz ist
stark und groß, es trägt oft das schwerste Unglück mit
eiserner Standhaftigkeit ohne zu verzagen; aber ein Frauen=
herz bebt auch schluchzend zusammen, wenn in traumdurch=
wobenen Dämmerstunden das verlorene Glück leise an's
Fenster klopft — und Einlaß nicht mehr erlangen kann. —
Dort auf dem Denkmal sehe ich einen bekannten Namen —
(sie nimmt den Kranz von Heinrich Heine's Grabstein, der den
Namen verdeckte) Henri Heine. — Dies ist Heinrich Heine's
Grab! des Sängers der Menschenliebe in allen ihren Farben
und Tönen! — Ich grüße Dich Du großer, von der schein=
heiligen Menge verkannter und doch ewig unsterblicher
Dichter — ich beuge meine Kniee vor dem Gottesfunken,
der in Deinem Herzen strahlte, und schmücke Dein Grab
mit dieser weißen Rose, die ich dem Geliebten geben wollte.
Heinrich Heine, so lange die Sonnen am Himmel brennen,
wird in den guten und reinen Menschenherzen Dein Name
ewig fortleben! — (Aufstehend.) Es ist spät. Hortense erwartet
mich in der Droschke vor dem Kirchhofe. — Sie weiß nicht,
daß ich mit Marian hier weile — und sie weiß auch noch
nicht ihre Abkunft. So lange mein Gatte das Mädchen als
seine natürliche Tochter nicht anerkennt, ist es besser, wenn
ich mit meiner Mittheilung, die ich nicht beweisen kann, vor=
läufig schweige.

Raimund (heraneilend). Rasch, gnädige Frau — kommen
Sie in das Dunkel hinein. Von jener Seite nähern sich
Menschen. Bitte, Ihren Arm. (Beide zum Hintergrunde ab.)

Dritter Auftritt.

Hortense. Harcourt. Isabella. Raimund. Wärter.

Hortense (schwarz gekleidet, durch die Gräberreihen eilend, gehetzt, entsetzt, athemlos ein Versteck suchend). Ich werde verfolgt — wo soll ich hin? — Ah, eine Bank! — Ich bin dem Umsinken nahe. — Madame bleibt lange aus. — Ich spazierte vor der Kirchhofsmauer auf und ab. — Da kam ein Herr, den Hut in's Gesicht gedrückt — und wurde mir lästig. — In der Dunkelheit entfloh ich ihm und huschte durch das angelehnte Kirchhofsthor. Er eilte mir nach. Mein Gott, da ist er schon. Heilige Madonna, stehe mir bei! (Sie zieht ihren dichten schwarzen Schleier vor das Gesicht und bleibt sitzen.)

Harcourt (in anderer Maske: er trägt die Haare kurz und keinen Bart; die Kleidung ist der eines Malers ähnlich. Mit tiefer, langsamer Predigerstimme). Warum sind Sie mir enteilt, Gnädigste? Eine einzelne Dame soll ohne männlichen Schutz um Mitternacht nicht auf dem Kirchhof wandeln. — Verzeihen Sie gütigst, wenn ich zu Ihrer Seite Platz nehme. (Hortense bleibt regungslos.) Ihrer Gestalt nach zu schließen sind Sie eine junge Dame — und da ist es umsomehr eine Ritterpflicht, Ihnen meine Begleitung anzubieten.

Hortense. Verlassen Sie mich, mein Herr; ich brauche keinen Schutz.

Harcourt. Sie begehren Unmögliches, Madame. — Darf ich mich Ihnen vorstellen? Ich bin der Vicomte de Cassagnac — und wie Sie an meiner Hand sehen, ein unverheirateter Herr. Und täusche ich mich nicht, so sind Sie in Paris fremd und wollten in dieser Nacht am Grabe eines Ihrer Lieben beten. Vielleicht sind Sie eine Waise, eine Heimatlose?

Hortense. Ich bitte nochmals, mich allein zu lassen!

Harcourt. Vergebung, mein schönes Kind; Ihr Unmuth darf mich nicht abhalten, Ihnen gefällig zu sein. In Sammt und Seide gehen Sie nicht, auch schmücken keine Brillanten Ihre zarten Finger — und so muß ich wohl annehmen, daß Sie zu den Glücklichen dieser Erde nicht gehören?

Hortense. Das mag sein.

Harcourt. Mein Scharfblick hat mich nicht getäuscht. Ich bin in meinem Leben schon oft dergleichen hilflosen, jungen Damen begegnet — und wo immer ich nur konnte, brachte ich Rath und Hilfe. Und wenn Sie mir erlauben wollten, Ihr Beschützer zu sein, so soll von heute an Ihr vielleicht trübes Leben aufhören.

Hortense. Nehmen Sie meinen Dank für Ihr Anerbieten. Doch nun bitte ich ernstlich, daß Sie sich entfernen, wenn ich nicht zuerst gehen soll!

Harcourt. Sie sind grausam. Wohin wollen Sie allein in der späten Nacht?

Hortense. Wohin? Ich habe ein Heim und finde meinen Weg auch ohne Begleitung.

Harcourt (ihr den Weg vertretend). Sie werden ohne meine Begleitung diesen Platz nicht verlassen!

Hortense. Doch! — Wer will mich daran hindern?

Harcourt (sie am Arm ergreifend): Ich!

Hortense (empört). Sind Sie ein anständiger Herr oder ein Abenteurer?

Harcourt. Das Erstere.

Hortense. Dann geben Sie den Weg frei!

Harcourt. Niemals!

Hortense. Ich rufe um Hilfe.

Harcourt. Es hört Sie Niemand.

Hortense. Gute Nacht!

Harcourt. Sie bleiben! — Spielen wir nicht länger Komödie, meine Gnädige, schenken Sie mir eine süße Schäferstunde; die Nacht ist zu herrlich.

Hortense. Mein Herr, wir stehen auf einem Kirchhof, einem heiligen Ort!

Harcourt. Thorheit. Wir entheiligen den Kirchhof nicht. Oder beliebt es Ihnen vielleicht, die Keusche zu spielen? Das wäre unnütze Zeitverschwendung. Sie sehen, ich bin vertrauensvoll: hier haben Sie im Voraus meine Börse.

Hortense (ihm die Börse in's Gesicht werfend). Elender!

Harcourt (die mit aller Kraft sich wehrende Hortense nach links in das Dunkel zerrend). Scheinheiliges Ding, Dein Sträuben ist ja nur Verstellung.

Hortense. Lassen Sie mich frei — (Blitze zucken.)

Harcourt. Nein, mein schönes Mädchen; zuerst erfülle meine heißen Wünsche.

Hortense (gellenden Rufes). Hilfe —! Hilfe —!

Harcourt (ihr den Mund zupressend und sie zu Boden werfend). Ein bekannter Keuschheitsschrei — hier aber wirkungslos.

Hortense (aufspringend, ihren Schleier zurückschlagend und Harcourt in's Gesicht speiend). Pfui! Du gemeiner Wegelagerer.

Harcourt (Hortense bei dem Kopf ergreifend, ihr den Hut abreißend und ihr in's Gesicht starrend). Diese Stimme scheine ich zu kennen. Wer bist Du, giftige Kröte?! (Entsetzt, vor Wuth brüllend.) Ha — täusche ich mich nicht: Du bist Hortense, Hortense Renier?! (Mit einem furchtbaren Entschluß Hortense bei der Kehle packend, das Mädchen nach links zerrend, auf ein Grab werfend, es beknieend und erdrosselnd.) Bei allen Mächten der Hölle und der Verdammniß, so mußt Du sterben, sterben auf der Stelle — — ich erwürge Dich hier mit den eigenen Händen — — Du oder ich — — für uns Zwei ist kein Platz auf der Welt — — so, so (er hebt am umklammerten Halse Hortense's Kopf etwas hoch und schlägt ihn dreimal auf das Grab nieder.) . . . noch einen Augenblick — dann — dann (würgt sie heftig) ist's — aus — für immer . . .

Hortense (mit ersticktem Todesschrei.) Hilfe — Mörder —!

Raimund (mit Isabella vorstürzend, die Ringenden nicht sehend, das eiserne Grabkreuz hinter der Bank hervorreißend). Der Hilferuf kam von hier oder dort — —

Isabella (nach rechts deutend). Suchen wir diese Seite der Gräber ab.

Raimund. Ich sehe nichts. Eilen wir dort hinüber. (Beide über den Gang links ab.)

Hortense (schwach). Hilfe — — — (Donnerrollen.)

Harcourt (langsam die Hände von Hortense's Hals lösend und die Gedrosselte betrachtend). Nun wirst Du mir nicht mehr schaden, scheinheilige Dirne. Komm'! (Er schleppt Hortense von dem Grabhügel fort, hält inne, schaut sich suchend um, zieht mit einem Freudenblitz im Auge die Regungslose auf den aufgehäuften Sand vor das offene Grab, kniet nieder, neigt sich auf ihre Brust und lauscht. Stoßweise, zähneknirschend, schwer athmend sprechend.) Bist jetzt endlich still, Du schöner Bastard? — Habe ich Dich mit diesen Händen auch ganz erwürgt?

(Er greift ihr prüfend zur Kehle.) Und ist kein Funken von Leben in dieser Brust mehr vorhanden —? Ha! Endlich darf ich ruhig sein; — nun hetzt mich nicht mehr der Gedanke an Dein Dasein durch die Welt — nun sehe ich nicht mehr in jedem Fremden einen Verfolger — — und nun reiß' ich auch hinaus aus meinem Gedächtniß die Augen Deiner Mutter, die damals, als Du zur Welt kamst, zum Giftbecher griff . . . (Erinnerungsschwer.) Ja, ja — Du hast dieselben schönen Augen, wie sie Deine Mutter hatte, die Augen, wenn sie vorwurfsvoll mich anschauten, wie glühende Dolche in mein Herz drangen. . Du hast auch denselben blühenden Körper, wie Deine Mutter, noch schöner, weicher, verlockender (er streichelt die Regungslose.) — — — und es packt mich jetzt der Wunsch, Dir die Kleider abzureißen und in Deiner Schönheit, die ich nie gesehen, zu schwelgen... — Weißt Du schon, wer Dein Vater ist? Nein — Du brauchst es nicht zu wissen — — Wenn Du Dich damals nicht gewehrt, so wäre eine Entdeckung nicht erfolgt — und ich hätte Deine Reize gekostet .. O, schon manch' ein reicher Mann hat unbewußt seine natürliche Tochter als Geliebte besessen — — das soll eine ganz besondere Wollust sein — — und die Welt ist doch nicht aus den Fugen gegangen... (Aufspringend, sich den Angstschweiß trocknend). Ja, ja, was man nicht sieht, wird nicht entdeckt. Niemand soll wissen, daß ich Dich stumm gemacht — dieses offene Grab wird Dich für ewig verbergen. (Er schiebt Hortense langsam von der schräg aufgeworfenen Erde in das Grab hinein — und schaut sich einen Moment scheu um.) Alles still — kein Zeuge ist da — (Ein Blitz zuckt auf und leiser Donner folgt.) Sinke hinab, Du warme Leiche... (Er beugt sich knieend und schaut in's Grab hinunter.) Sie liegt auf dem Gesicht — — jetzt rasch die Erde nach. (Aufspringend und mit einem Spaten Erde nachwerfend.) Morgen kommen die Priester und heulen Dir einen frommen Todtengesang. (Zwei Bretter über das Grab schiebend, einen Moment stehen bleibend, plötzlich grell auflachend und einen nahen Grabstein umschlingend.) Ha, Teufel, nun hole meine Seele, die ich Dir versprochen, wenn Du mein Gebet erhörtest! (Er bleibt so stehen.)

Kirchhofs- und **Gefängnißwärter** (im Hintergrunde). Wer rief hier um Hilfe?

7*

Raimund (mit Isabella voreilend, Harcourt ergreifend). Bandit, wen hast Du gemordet? (Aufsteigendes Gewitter.)

Isabella. Da ist ein offenes Grab — ein Frauen=gewand ragt heraus — (sie wirft die Bretter ab) Hierher! — Kirchhofswärter, hierher! Ein Mord!

Harcourt. Gieb mich frei, elende Creatur —

Raimund. Wärter, fesselt ihn! (Der Gefängnißwärter springt herbei; dann zu Isabella.)

Kirchhofswärter (Allen in's Gesicht leuchtend). Was ist geschehen? Wer liegt da in der Grube? Wer hat den Mord begangen? Der da?

Harcourt (im Laternenlicht den mit ihm ringenden Raimund erkennend und sich losreißend). Blendet mich die Hölle? Oder ist es nur der Geist meines Weibes und ihres Buhlen? (Mit einem Spaten auf Isabella eindringend.) Fahret dahin —

Raimund (mit dem eisernen Grabkreuz Harcourt's Schlag von Isabella abwehrend). Wärter, hierher! Packt den Mörder! (Er wirft sich auf Harcourt.)

Gefängnißwärter. Ich komme, Herr. (Er reißt Harcourt von hinten zu Boden.) Die Handschellen!

Isabella (vor dem Grabe niederknieend und hineinrufend. Hortense, arme Hortense!

Kirchhofswärter. Ich steige hinein und hebe sie hinaus. (Versucht es.)

Raimund (hinüberrufend). Gnädige Frau — sie darf nicht todt sein — retten Sie sie. (Zu Harcourt, helfend, ihm Fesseln anzulegen.) Satan, wer bist Du? Zeige mir Dein Gesicht —

Kirchhofswärter. Halten Sie ihn fest — er entkommt uns. (Blitz, Donner.)

Harcourt (mit äußerster Kraftanstrengung den Wärter und Raimund zurückstoßend, hohnlachend bis zur Mitte des Kirchhofs=ganges eilend, den Spaten schwingend und zurückrufend). Ha, Ihr Narren! Sucht nur der ausgelöschten Kerze eine neue Flamme anzublasen — macht ihr die gedrosselte Kehle wieder gesund — es ist zu spät für Euch. (Heftiger Donner=schlag.) Tobt schon die Hölle? Heulen schon die Teufel nach meiner Seele? (Mit markerschütterndem Aufschrei in den Hinter=grund starrend und — während es dumpf Zwölf schlägt — wie gebannt an einen Baum taumelnd.) Es sind die Geister: — der Todtentanz — — —

(Während Raimund, Isabella und die zwei Wärter lautlos, aber unter lebhaften Gesten sich bemühen, Hortense aus dem Grabe zu heben — was so geschieht, daß das Auditorium wenig davon zu sehen bekommt — und wenn dies gelungen, erfolgreiche Wiederbelebungsversuche anstellen, geht im Hintergrunde des Kirchhofs, unbemerkt von den vorher genannten Personen, nur für Harcourt's erregten Blick sichtbar,

Der Todtentanz,

das Wallen der auserwählten Seelen, vor sich. Die Bühne verfinstert sich vollständig; in der Perspective erhebt es sich dunkel, wie ein wellenartiger Höhenrücken, auf dessen Ebene, die einen Grad heller ist, gleichsam, als wenn über einem nachtdunklen Berg der schwache Schein des aufgehenden Mondes sichtbar wird, die Silhouetten des Geisterchores sich zeigen. Die wallenden Leichengewänder flattern herum; drei Musikanten sitzen auf einem Grabstein und fideln; die Paare schweben langsam über niedrige Gräber und aufsteigende schwarze Wolken hin und her, nach dem Tacte der mit dem Kopfe leicht nickenden Musikanten. Dann entwickelt sich zu gleicher Zeit in der weitesten Perspective ein sonniges Gefilde: das Land der Seligen.)

Harcourt (in ausbrechendem Wahnsinn auflachend und herumrasend, die anderen Personen nicht bemerkend). Hahahahaha! Der Todtentanz! Nun kommen die Geister und holen meinen Kopf! — Da ist der große böse Geist mit den spitzen Krallen, der will meinen Kopf haben! (Schreiend.) Er reißt ihn mir herunter — — Du kriegst ihn nicht, Satan — (er schlägt mit dem Spaten herum.) Heissa! Komm' nur, fecht' mit mir! — Haha! Nun ist er fort. (Er starrt vorgebeugt in den Hintergrund.) Hahahahaha!

Isabella (Hortense loslassend und sie Raimund zustoßend). Das ist Harcourt's Stimme — er ist der Mörder — ich tödte ihn. (Sie will Harcourt erdolchen.)

Raimund (die wankende Hortense mit seiner Linken mit sich reißend, Isabella nachstürzend und ihren zum Todesstoße erhobenen Arm so fest zurückhaltend, daß sie mit einem leisen Schmerzenslaut niedersinkt). Zurück — — er ist wahnsinnig! (Hortense taumelt besinnungslos, ohne Raimund's linke Hand loszulassen.) Helfen Sie der Ohnmächtigen.

Isabella (auf den Knieen Raimund's rechte Hand umklammernd, so daß er zwischen beiden Frauen steht). Laß' mich ihn tödten... (Ein Blitz, zündend, und gellender Donnerschlag. Das Tableau erlischt. Tiefste Dunkelheit auf dem ganzen Kirchhof. Die zwei Wärter eilen von links auf Harcourt zu, bleiben aber inmitten der Gräber stehen.)

Raimund (infolge des Donnerschlages wie schützend die Arme um Hortense und Isabella's Nacken legend).   Gerechter Gott —

Harcourt (der das Vorgegange hinter seinem Rücken nicht bemerkt, die Arme wild in die Luft werfend und hohnlachend in die Dunkelheit abstürzend). Hahahahahaha!

Vorhang fällt.

Vierter Aufzug.

Im Irrenhause.

(Dieser Act spielt acht Tage später.)

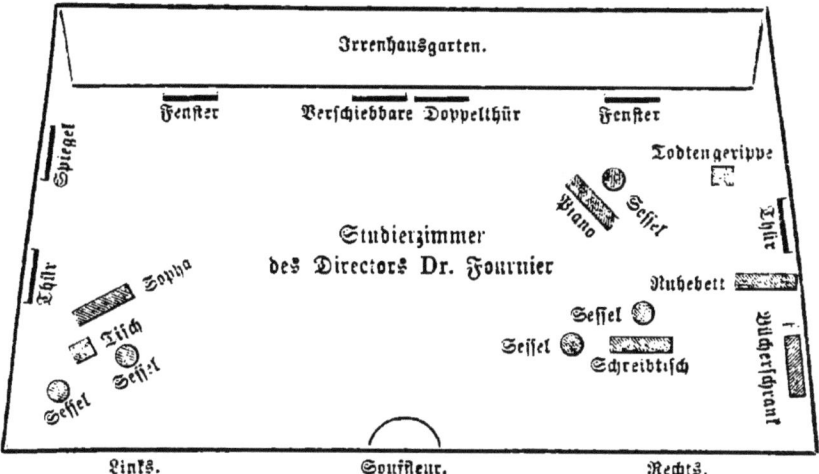

(Im Irrenhause: Studierzimmer des Irrenhaus=Directors Dr. Fournier. Rechts vorne ein Schreibtisch, dessen Front dem Zuschauer zugekehrt ist, und ein Sessel dahinter. Nebenbei an der Wand ein Ruhebett. Auf dem Schreibtisch ein paar Todtenköpfe, ärztliche Instrumente, Bücher ꝛc. Rechts ein Bücherschrank. Daneben eine Thür. An der Thür gleichsam als Wächter ein Todtengerippe. Links, nahe der Rampe ein Sopha, Tisch, zwei Sessel, Teppich. Auf dem Tische ein Schachbrett. Thür. Spiegel. Der Hintergrund des Zimmers ist, ähnlich wie eine Balconthür, von der Mitte aus rechts und links verschiebbar und zeigt, wenn er geöffnet wird, den wohlgepflegten Irrenhausgarten mit Buschwerk und Bäumen. Es liegt über Alles eine große Ruhe. Rechts und links im Hintergrunde zwei Fenster mit Gardinen. Halbrechts Piano und Sessel.)

Erster Auftritt.

Dr. Fournier. Hortense. Minard. Ein Diener.

Dr. Fournier (am Schreibtisch sitzend, schreibend. Dann ein Buch vom Bücherschranke holend, etwas suchend — und nach einer Pause auf die Tischglocke drückend, zu dem von rechts eintretenden Diener gewendet). Wie lange dauerten diesmal die Tobsuchtsanfälle des Banquier Harcourt?

Diener. Eine gute Viertelstunde, Herr Doctor. — Dieser Brief ist angekommen.

Dr. Fournier. Und ist er jetzt ganz ruhig? (Legt den Brief auf den Tisch.)

Diener. Wir haben ihm die Zwangsjacke anlegen müssen. Er liegt auf der Bank mit offenen Augen und schwätzt vor sich hin von einer Tochter, die er gemordet haben will, und von 150.000 Francs, die er versteckt hat.

Dr. Fournier. Wenn er wieder in's Toben geräth, so rufen Sie mich. (Mit einer Handbewegung.) Es ist gut.

(Diener ab. — Dr. Fournier setzt sich, nimmt einen Cigarrenkasten und zündet sich eine Cigarre an. Dann öffnet er den Brief und liest ihn. Pause. — Nach einer Minute erscheint:)

Diener (meldend). Ein Fräulein wünscht den Herrn Doctor zu sprechen. Hier die Karte.

Dr. Fournier (nachdenklich den Brief zusammenfaltend — dann die Karte lesend). Die Dame möge eintreten. (Diener ab.)

Hortense (erscheinend). Guten Tag, Herr Doctor!

Dr. Fournier (aufstehend und Hortense empfangend). Guten Tag, mein Fräulein! (Zum Sopha links deutend.) Bitte, nehmen Sie Platz. — Womit kann ich dienen?

Hortense. Ich komme im Auftrage der Frau Isabella Harcourt und soll Sie, Herr Doctor, fragen, wie es dem Herrn Harcourt ergeht. Die gnädige Frau ist auf's Gericht gefahren. — Steht es nicht gut mit unserem unglücklichen Herrn?

Dr. Fournier. Leider recht schlimm, mein Fräulein. In diesen acht Tagen, wo der Kranke bei uns weilt, haben seine Tobsuchtsanfälle eher zu- als abgenommen. Sein Wüthen überstieg oft alle Begriffe. In manchen Stunden wieder ist er ruhiger und macht mit den anderen Wahnsinnigen im Garten hastige Spaziergänge. (Er steht am Schreibtisch.)

Hortense. Und wissen Sie, Herr Doctor, aus welchen seelischen Erschütterungen die Verirrung seines Geistes erfolgt ist?

Dr. Fournier. Ja. Madame Harcourt hat es mir soeben brieflich angedeutet.

Hortense. Darf ich's wissen — ? Die gnädige Frau wollte es mir sagen. Aber immer, wenn sie darauf zu sprechen kam, brach sie plötzlich ab und küßte mich nur schweigend und fast mitleidsvoll. — Ich kann es mir nicht denken, warum sie es mir verschweigt. Ich habe die gnädige Frau so lieb, möchte sie trösten und vermag es nicht. — Vielleicht hat der Herr Banquier sein Vermögen verloren. Das wäre nicht undenkbar. Bei derartigen harten Schicksals- schlägen ist schon manch' ein Menschengeist umnachtet worden.

Dr. Fournier (mitleidsvoll). Nein, mein Kind; seine Millionen sind dem Herrn Banquier Harcourt ungeschmälert geblieben. — Es ist nur nicht erlaubt, Ihre sonst berechtigte Frage zu beantworten, denn ohne den Willen der gnädigen Frau, die allein Mitwisserin des Geheimnisses ist, darf ich den Schleier nicht lüften. Es ist auch besser, wenn Sie nichts erfahren. — Nach menschlicher Berechnung ist ein Gesund- werden des Herrn Harcourt nicht möglich, wohl aber ein rascher Tod zu erwarten.

Hortense. Ich weiß nicht, trotz Allem — — ich kann mich nicht näher ausdrücken, Herr Doctor — trotz Allem, was Herr Harcourt gethan und begangen haben mag, berührt mich sein Unglück bis in die tiefste Seele.

Dr. Fournier. Bewahren Sie sich Ihr mitleidsvolles Herz für immer. Jeder Mensch soll seinem Schöpfer danken, wenn er ihm einen Funken Theilnahme für fremdes Leid in die Brust gelegt hat. (Lauscht.) Es ist Jemand im Vor- zimmer. Gestatten Sie? (Er öffnet die Thür.) Ah, Herr Notar Minard! Sehr erfreut. Treten Sie näher. Die Herrschaften kennen sich wohl noch nicht?

Hortense (erhebt sich).

Minard (dem Doctor die Hand schüttelnd). War lange nicht mehr hier — und nur die äußerst dringliche Ange- legenheit mit dem Herrn Banquier Harcourt trieb mich, Ihr gefürchtetes Tusculanum aufzusuchen. (Hortense die Hände ent- gegenstreckend.) Wir Beide kennen uns schon seit gestern

Abend. (Zum Doctor.) Madame Harcourt's Schützling, Fräulein
Hortense Renier aus Paris, ist seit dem Krankwerden des
Herrn Banquiers der gute Engel des ganzen Hauses geworden!
(Der Doctor verneigt sich zu Hortense.) Gestatten Sie, daß ich
Ihnen die Hand küsse.

Hortense. Frau Harcourt wollte hierher kommen —
und wenn es ihr gelingt, mit dem Herrn Staatsanwalt
zusammen.

Minard. Danke Ihnen für die Nachricht. — (Zum Doctor.)
Herr Doctor, eine hochwichtige Frage: Halten Sie es vom
physiologischen und psychologischen Standpunkte aus für möglich,
daß ein seit acht Tagen wahnsinniger Mensch noch einen klaren
und lichten Augenblick bekommen kann, wenn ihn etwas ganz
Unerwartetes, wie ein Blitz aus klarem Himmel trifft? —
Ich bin der gerichtlichen Vernehmung des Herrn Cassiers
Raimund Marsan gefolgt (Hortense hört erregt zu) und konnte
aus der Angabe seiner Personalien meine Schlüsse ziehen,
die sich dann bei eifrigster Nachforschung als vollkommen
richtig herausstellten — Dem Herrn Banquier soll das, was
ich ihm zu sagen habe, so urplötzlich, so haarscharf, so
zermalmend in die Seele schneiden, daß sein Entsetzen und
sein Schreck die Uebermacht über die Geister des Wahnsinns
davonträgt und sein klares Denkvermögen hervorspringen
muß. Wenn wir ihn nur eine Minute lang zu Verstand
bringen, ist mein Zweck vollständig erreicht.

Dr. Fournier. Möglich ist es wohl, aber doch eine
große Seltenheit.

Minard. Lassen Sie es uns versuchen. Gottes Wege
sind oft wunderbar.

Hortense. Herr Justizrath — Sie wissen, wie ich leide.
O bitte, geben Sie mir die geringste Hoffnung, daß Raimund
frei wird?

Minard. Geduld, mein liebes Fräulein. Das ist vorläufig Alles, was ich sagen kann. Auch Sie werden heute
noch Großes erfahren.

Dr. Fournier. Ich will Ihnen Gelegenheit geben, den
Kranken zu sehen und zu sprechen. (Ein heftiges, andauerndes
Klopfen an der Thür links unterbricht ihn.) A—h, das hatte ich
fast vergessen. Pardon, wir werden gestört; es sind meine
außerordentlichen Patienten, die da Einlaß begehren. —

Wenn Sie sich, meine Herrschaften, theilnahmslos verhalten wollen, das heißt, wenn Sie angesprochen werden, keine Antwort geben, sondern nur ernst mit dem Kopfe nicken, nicht lachen, überhaupt die armen Wahnsinnigen, wenn sie es bemerken, nicht anschauen, so können Sie dieser seltsamen Sprechstunde beiwohnen.

Hortense. Sind die Wahnsinnigen nicht böse, Herr Doctor? Ich fürchte mich sehr.

Minard. Bleiben Sie an meiner Seite, mein Fräulein. Wir wollen an diesem Tisch ein Partie Schach spielen. Dabei können wir unauffällig Alles sehen und hören. (Sie setzen sich zu dem Tische links; Hortense auf das Sopha, Minard ihr zur linken Seite auf dem Sessel.)

Dr. Fournier. So ist's gut. (Abermals heftiges Klopfen.) Herein!

Zweiter Auftritt.

Die Vorigen. Erster, dann zweiter Wahnsinniger, dann dritte Wahnsinnige.

Erster Wahnsinniger. (Officier in Civil. Rasch eintretend. Es ist ein schlanker Herr in den Dreißigerjahren, in eleganter, schwarzer Toilette, Cylinder, weißer Cravate und weißen Handschuhen. Das Gesicht ist bartlos, die Haare schwarz. Er geht in großem Unmuth einige Male über die Scene, fuchtelt mit der eleganten Reitpeitsche, gesticulirt heftig für sich, wird zornig auf sich — und fährt dann den am Schreibtisch sitzenden und ihn prüfend beobachtenden Dr. Fournier scharf und befehlend an.) Was ist das für eine Nachlässigkeit, Jean, mich fünfmal schellen zu lassen, ehe Du mir das Frühstück bringst?!

Dr. Fournier (auf die Idee des Wahnsinnigen eingehend und die Rolle eines Dieners spielend, sich erhebend). Verzeihen Sie, Herr Lieutenant; ich habe Ihr Viergespann im Schloßhofe eingefahren und die feurigen Hengste machten mir so viel Mühe, daß ich — —

Erster Wahnsinniger (besänftigt, ruhig, väterlich wohlwollend dem Doctor auf die Schulter klopfend). Schon gut. Habe es mir gedacht, daß ein Knabe wie Du zu schwach ist, ein Viergespann in dieser Qualität zu leiten. (Er zieht sich die Handschuhe aus und an.) Jetzt höre meine Befehle: Sobald mein Schiff mit der großen Goldladung aus Amerika einläuft, fahren wir im Viergespann zum Hafen. Wir bringen das Gold hierher in mein Schloß und Du bewachst es. Ich

reite unterdessen zum Herzog, nehme ihn und seine Tochter
gefangen, sprenge seine Stammburg in die Luft und geleite
ihn auf mein Schiff. Dort binde ich ihn an den Mastbaum
und frage ihn zum letzten Male, ob er mir die Hand seiner
Tochter giebt. Bleibt er noch immer starrköpfig, so stecke ich
das Schiff in Brand und lasse es in's Meer hinausdampfen,
bis die Kessel springen. Möge er verbrennen! Dann schleppe
ich seine Tochter im kleinen Boote davon und führe sie zum
Pfaffen. Dort werden wir ein Paar. Und — und — und —
(herumschreitend, Minard und Hortense die Hände auf die Schulter
legend.) Ihr seid die Brautzeugen! (Beide nicken.) Ha! (Er tritt
einige Schritte zurück und mustert die Beiden scharf.) oder bist Du
gar der durchlauchtigste Herzog mit seiner hohen Tochter in
Person?! (Beide nicken.) So verzeihe, daß ich Dich zu Fuß
begrüße. Ich will sofort mein Roß besteigen — (ein Pfiff
hinter der Scene) und Dir hier eine Parade vorreiten, die
meiner würdig ist. — Hörst Du den Pfiff meines Gold=
schiffes aus Amerika?! — Ich habe die Hochzeitsfackeln für
Dich schon ausgedacht, mein sprödes Bräutchen — sie werden
Dir vom Meere leuchten und Dein Vater wird sich vergebens
bemühen, sie zu löschen. Haha — haha — —! (Hohnlachend
und stolz, nicht lächerlich, links ab.)

Dr. Fournier. Das war der einst steinreiche Lieutenant
François Denis. Im Spiel verlor er sein Vermögen. Nun
wartet er schon seit acht Jahren auf sein Goldschiff aus
Amerika, das heißt, dort besitzt er einen reichen Erbonkel,
der ihm seine Tochter nicht gab.

Hortense. Schrecklich. Kommen noch mehr Unglückliche?

(Es klopft leise.)

Dr. Fournier. Ja. Noch zwei. Es sind ebenfalls Kranke
aus den besseren Ständen. (Abermaliges leises Klopfen.) Herein! —
Ah — geben Sie acht, meine Verehrten, das ist ein junger
hochbegabter Geiger, dessen schöne Braut am Traualtar, ehe
sie das Jawort ausgesprochen, vom Herzschlag getroffen,
todt zu seinen Füßen niedersank. Im Hochzeitskleide wurde
sie begraben — und an ihrem offenen Sarge packte ihn vor
Schmerz der Wahnsinn. Er leidet furchtbar, der Unglückliche.

Zweiter Wahnsinniger. (Ein junger Geiger.*) Er ist
schwarz gekleidet, hat blondgelocktes, langes Haar, kleinen Schnurr-

---

*) Diese Scene ist eventuell durch einen geeigneten Musiker darzustellen.

und Knebelbart, blasses Gesicht und ist ohne Hut. (Eine Geige unter'm Arm tritt er auf, sinnend mit gesenkten Blicken. In der Mitte der Scene bleibt er stehen, legt die Hand an die Stirn, seufzt und schaut dann starren Blickes, suchend umher. Langsam für sich; klagend):

Sie ist auch heute nicht erschienen, meine Himmelskönigin,
Und sie wird auch nicht mehr kommen, ob ich gleich im Elend bin.
Ach! vergebens muß ich harren auf mein engelschönes Lieb —
Von den süßen Zukunftsträumen mir ein krankes Herz nur blieb ...

(Die Augen hebend, beseligt-glücklich.)

Nein: — sie kommt in lichter Glorie durch den Wolkenflor gewallt:
Eine blüh'nde Myrthenkrone schmückt die traute Huldgestalt,
Laß' Dich grüßen, Du Verlor'ne .. . auf die Kniee sink' ich nieder —
Laß' Dich grüßen, todte Rose, heut' durch meine Sehnsuchts-lieder!

(Er erhebt sich von den Knieen und spielt auf seiner Geige, links stehend, die rechte Körperseite dem Auditorium zugekehrt, die Blicke verklärt zum Himmel erhoben, ein Geigensolo [ad libitum des betreffenden Herrn Theater-Capellmeister: ein wildes, phantastisches Opus, das zu der Scene geeignet ist], geht dann, leise anfangend, in das schwermüthige Volkslied von Thomas Koschat über):

„Verlassen, verlassen,
Verlassen bin i!
Wia der Stan af der Straßen,
Ka Diandle mag mi'!
D'rum geh' i zum Kirchlan,
Zum Kirchlan weit 'naus,
Durt knia i mi' nieder
Und wan' mi' halt aus!

(Mit leiser Stimme, wie abgebrochen, kaum hörbar, die folgende Strophe mitsingend):

Im Wald' steht a Hügerl,
Viel Bleamerln blüah'n d'rauf,
Durt schläft mein arm's Diandle,
Ka Liab' weckt's mehr auf.

Durthin is mei' Wallfahrt,
Durthin is mei' Sinn,
Durt mirk i recht deutlich,
Wia verlassen i bin ..."

(Dann rückwärts schreitend, die Hälfte der Strophe wiederholend, langsam links ab. Während die Anwesenden ergriffen dastehen und Dr. Fournier wohlwollend dem Wahnsinnigen bis zur Thür folgt, wiederholt das ganze Orchester die Melodie pianissimo.)

Dr. Fournier. So kommt der Unglückliche jede Woche einmal zu mir, um seine todte Braut zu erwarten. In lichten Augenblicken weint er zum Herzbrechen über sein unver= schuldetes, grausames Schicksal.

Minard. Ich danke Ihnen im Namen der Menschlich= keit für das Mitgefühl, das Sie Ihren Patienten erweisen.

Dr. Fournier. Ich suche meiner Kranken Leid zu lindern, wo ich's nur vermag.

Hortense. Das ist furchtbar. Und da verlacht man oft die armen Wahnsinnigen, wenn sie in ihrem umnachteten Geisteszustande gegen die gesellschaftlichen Formen verstoßen!

Dr. Fournier. Mein gnädiges Fräulein — wer über einen irrsinnigen Menschen lacht, ist eine gefühllose Creatur und verächtlicher als ein gemeiner Todtschläger.

Minard. Er spielte wunderbar — und fast hörte man aus den Geigentönen seine wie aus wirren Träumen lang= sam erwachende Seele klagen. — Wird er wieder gesund werden?

Dr. Fournier. Schwerlich. Er ist schon sechs Jahre in der Anstalt. (Zur Thür gehend, lauschend, und dann zurück zum Schreibtisch.) Unsere Primadonna kommt! Es ist die bedauerns= wertheste Wahnsinnige der Welt. (Es klopft.) Herein! — Während sie in der Oper sang, brannte ihr Haus nieder — und ihr Kind kam in den Flammen um.

Dritte Wahnsinnige.*) (Eine Opernsängerin, jung, in weißer Toilette, einen weißen Rosenkranz im langen, offenen, schwarzen Haar, ein rothgebundenes Notenheft in der Hand. Sie trägt die Schleppe ihres Kleides in der Linken und facht mit dem Notenheft in die Luft, als wollte sie etwas verscheuchen. Hinter ihr bringt eine Dienerin einen kleinen schwarzen offenen weißbedeckten Kindersarg. Die Wahnsinnige kehrt sich um und scheucht von dem Särglein die „Flammen". — Dann hebt sie den weißen Flor, schaut

---

*) Diese Scene ist durch eine Sängerin darzustellen.

zärtlich auf ihr Kindlein (Puppe), küßt es mehrmals innig, deckt
den Flor wieder hinüber, gebietet mit dem Finger auf den Mund
den Anwesenden Schweigen, nimmt der Wärterin den Sarg ab und
stellt ihn sorgsam auf's Clavier. Zur Wärterin gewendet.) Hüte
mir das Kind vor den Flammen! Ich habe noch einen
ganzen Act zu singen und kann nicht wissen, wo und wann
das Feuer ausbricht. (Sie ordnet den Flor auf dem Särglein
zart und liebevoll.) Wie süß der Kleine schläft! — (Zu
Dr. Fournier.) Mein Freund — ich sang noch nie so gut wie
heute — das macht das unendliche Glück über meinen Lieb=
ling. Was Mutterliebe ist, empfinden Sie nicht… Eine
Mutter kann solch' ein herziges Geschöpfchen wie meinen
Buben dort todtküssen. — Kommen Sie schauen, wie hold
mein Knabe ruht. (Beide stehen vor dem Särglein.) Nicht wahr,
der Schelm ist reizend? Nur die bösen Flammen sind nicht
zu vertreiben. (Sie weht mit beiden Händen die Flammen fort.)
Und immer schläft mein Liebling, immer — immer…
(Sinnend.) Wie lange mag das schon her sein, daß er schläft?…
Ich kann mich gar nicht mehr erinnern!… (Angstvoll, halb
drohend.) Wie lange wird mein Büblein noch schlafen?!
Sie haben mir versprochen, es aufzuwecken und mir es in's
Theater zu bringen, wenn mein Haus brennt. Nicht wahr,
morgen? Halten Sie Wort?… Da kommen die Flammen
schon wieder … (sie zieht das Särglein etwas zurück) wie
höhnisch sie mit den gierigen Zungen nach der Wiege lecken. —
(Sie scheucht mit dem Taschentuch die Flammen fort, setzt sich auf
den Claviersessel und nimmt das Särglein auf den Schooß.) Aber
morgen wird mein Herzenskind wieder wach — nicht wahr:
morgen — morgen?!

Dr. Fournier. Ja, gnädige Frau — morgen wird Ihr
Söhnlein froh und munter erwachen. Seien Sie nur zu=
frieden, der lange Schlaf stärkt ihn — und die bösen
Flammen treffen ihn dann nicht mehr.

Dritte Wahnsinnige. Sie beglücken mich. (Sie wiegt
das Särglein auf dem Schooße.) O Du herziges Prinzlein, soll
ich Dir ein Schlummerliedlein singen? Lächle doch einmal
ein wenig und schaue nicht stets so ernst! — Husch, husch,
fort, fort, ihr lodernden Flammen! (Sie preßt den Sarg an
sich und hüllt ihn dicht in den weißen Flor.) Ein Wiegenlied,
mein goldener Engel? (Sie wehrt die Flammen wieder ab, erst
langsam, dann rasch; Entsetzen malt sich in ihren Zügen, während

sie auf ihr Kind schaut. Aufspringend, gellenden Rufes.) Mein Knabe athmet nicht mehr — — — ha! Er röchelt, er erstickt — Hilfe! (Zu Dr. Fournier stürzend.) Hilfe! Retten Sie mein Kind aus dem brennenden Hause!

Dr. Fournier (ihr das Särglein abnehmend). Aber nein, gnädige Frau, Sie täuschen sich. Ihr Knabe ist nicht todt, sondern er schläft. Sehen Sie, wie die kleine Brust sich hebt und senkt? Sie dürfen nicht so laut sein. — Singen Sie ihm ein trautes Wiegenlied, (er legt den Sarg behutsam in die Arme der ihn ängstlich anstarrenden Wahnsinnigen) das Sie ihm so oft gesungen — und Ihre großen Sorgen werden enteilen. (Er führt sie zum Clavier, nimmt ihr das Särglein wieder ab und stellt es auf das Instrument, die Geisteskranke auf den Sessel drückend.) Singen Sie. Ich trete zurück. (Er winkt der Wärterin, abzugehen und tritt nach links zu Hortense und Minard.)

Dritte Wahnsinnige (beruhigt). Das schöne Wiegenlied? Ja — das singe ich ihm. Wie heißt es doch nur? (Zu Dr. Fournier umschauend, klagend.) Ich bin so wirr im Kopfe — und die Oper ist noch nicht zu Ende! Hören Sie, wie ich dort singe? Ich kann mich ganz gut sehen — und die Menschen klatschen mir Beifall, was mich so sehr erfreut. (Den Kopf wieder zum Clavier wendend.) Ja, das schöne Wiegenlied? Ich hab' es schon. (Sie greift einige Accorde.) Ist es das? (Sie blickt wieder zu Dr. Fournier um und bemerkt jetzt erst Minard und Hortense. Sie schaut die Zwei starr und finster an, während ihre Finger eine wirre und wilde Phantasie greifen. Dann werden ihre Züge freundlich, sie winkt die Anwesenden lächelnd herbei und zeigt ihnen ihr Kind, Hortense und Minard folgen und geben durch stummes Geberdenspiel zu erkennen, daß sie das Büblein für schön finden. Die Wahnsinnige dankt durch ein Kopfnicken, legt den weißen Flor über das Särglein, macht eine beschwichtigende Bewegung und setzt sich, nochmals Accorde greifend. Dann spielt und singt sie das „Schlummerlied" von C. M. von Weber, leise und innigen Tones:)

Schlaf', Herzenssöhnchen, mein Liebling bist Du,
Schließe die blauen Guckäugelein zu!
Alles ist ruhig und still wie im Grab',
Schlaf' nur, ich wehre die Fliegen Dir ab.

Englein vom Himmel, so lieblich wie Du,
Schweben um's Bettchen und lächeln Dir zu,
Später zwar steigen sie auch noch herab,
Aber sie trocknen nur Thränen dann ab!

Schlaf', Herzenssöhnchen, und kommt gleich die Nacht,
Sitzt doch die Mutter am Bettchen und wacht;
Sei es so spät auch — und sei es so früh,
Mutterlieb, Herzchen, entschlummert doch nie...

Dr. Fournier (leise). Jetzt schläft Ihr Kindlein tief und fest. (Er legt ihr das Särglein auf die Arme.) Wenn Sie es sanft und ruhig heimtragen, so schlägt es morgen Früh die blauen Guckäuglein wieder auf und wird Sie freundlich anlächeln. Kommen Sie, gnädige Frau, wir wollen gehen! (Stumm und gehorsam folgt die Wahnsinnige des Arztes Wunsch und geht mit dem Särglein, das Haupt gesenkt, langsam nach links ab. Das Orchester begleitet ihr Abgehen mit der pianissimo gespielten letzten Strophe des „Wiegenliedes".)

Hortense. Ich kann die Thränen kaum zurückhalten. Die arme, arme Frau!

Dr. Fournier (von der Thür zurückkehrend). Seit zwei Jahren schleppt sie den kleinen Sarg mit sich herum — und wartet auf das Erwachen ihres todten Kindleins.

Minard. Keine Hoffnung auf Heilung da?

Dr. Fournier. Derartige Seelenerschütterungen heilt kein Arzt und kein Gott.

Dritter Auftritt.

Die Vorigen. Ein Diener. Staatsanwalt Colleville. Isabella.

Diener (meldend). Der Herr Staatsanwalt Colleville und eine Dame wünschen den Herrn Doctor zu sprechen.

Dr. Fournier. Ja gewiß! Die Herrschaften wollen gütigst eintreten. (Diener ab.)

Staatsanwalt (mit Isabella, die schwarz gekleidet ist, am Arm). Ich begrüße Sie, verehrter Herr Doctor — und stelle Ihnen hier die Frau Gemahlin des Herrn Banquier Harcourt vor. Herr Dr. Fournier — Madame Harcourt.

Dr. Fournier (Isabella die Hand reichend). Mit Sehnsucht habe ich Sie erwartet, gnädige Frau? Seit einer halben Stunde sind mir über Ihren Herrn Gemahl weitere Tobsuchtsanfälle nicht gemeldet worden und die Absicht des Herrn Justizrathes, die Ihnen bekannt ist, läßt sich vielleicht zur Ausführung bringen. (Leise weiter.)

Staatsanwalt. Ah, Herr Justizrath! (Reicht ihm die Hand.) Und Fräulein Hortense Renier, wenn ich nicht irre, von welcher Madame Harcourt mir schon so viel erzählt?

Minard (verbindlich vorstellend). Ihr Scharfblick täuscht Sie nicht: der Herr Staatsanwalt Colleville — Fräulein Hortense Renier! — Gestatten die Herrschaften einen Augenblick. (Er geht zu Dr. Fournier und Isabella.) Mein Vertrauen auf die gute Wirkung meiner Enthüllung ist groß, gnädige Frau. Wir wollen keinen Tag länger zögern. Es wird Sie zwar schwer treffen, aber — —

Isabella. O, Herr Justizrath, was kann mich wohl noch Schwereres treffen? Diese traurigen Stunden sind mit blutigen Thränen in meinem Herzen eingegraben.

Staatsanwalt (mit Hortense zu der Gruppe tretend). So lange wir nicht den geringsten Beweis von der Schuldlosigkeit Raimund Marsan's beibringen können, erlaubt es das Gesetz nicht, ihn seiner Haft zu entlassen. Fügen Sie sich in Geduld, meine Damen; ich werde Alles aufbieten, um Licht in diese dunkle Sache zu bekommen. (Ein schrilles Glockenzeichen hinter der Scene.)

Dr. Fournier. Das ist das Zeichen, daß die Kranken ihren täglichen Spaziergang im Anstaltsgarten angetreten haben. Der Herr Banquier wird unter ihnen sein. Ich öffne die Flügelthüren, damit wir (zu Isabella) Ihren Herrn Gemahl genau beobachten können. (Er öffnet die Thüren im Hintergrunde, resp. schiebt sie nach links und rechts zur Seite, so daß der ganze Irrenhausgarten zu übersehen ist.)

Vierter Auftritt.

Die Vorigen. Dann der wahnsinnige Harcourt. Andere Wahnsinnige. Wärter.

(Der Garten füllt sich mit wahnsinnigen Menschen, darunter auch die drei im zweiten Auftritte dieses Actes aufgetretenen Kranken. Ein Theil der Irren geht theilnahmslos und stumm mit zu Boden gesenkten Blicken auf und ab, andere gesticuliren heftig, wieder andere kauern auf dem Rasen oder unter Bäumen, manche sprechen zusammen. Ein Kranker bringt eine Bank, steigt hinauf und hält eine [lautlose] Rede. Zwei Weiber schleppen einen Christbaum herum; mehrere Männer haben Bücher, Zeichnungen; eine Frau trägt eine große glänzende Krone auf dem Kopfe; eine andere, nur halb bekleidet, wirft ihre Kleider auf einen Baum ꝛc. ꝛc. — Die Kleidung aller Wahnsinnigen ist privat. — Das Ganze soll einen ernsten, erschütternden und mitleiderregenden Eindruck machen. — Einige Anstaltswärter gehen durch die Gruppen und beschwichtigen hie und da zu erregt sich geberdende Kranke.)

Harcourt. (Er spaziert ohne Kopfbedeckung, mit sich selbst sprechend, einige Male vorüber, dann hinten im Bogen herum, mehrere Kranke ansprechend und ihnen bedeutend, daß es mit seinem Kopfe nicht in Ordnung ist. Plötzlich bleibt er inmitten der geöffneten Flügelthüren stehen, steigt die Schwelle hinauf, gesticulirt für sich — und schaut die ihn beobachtenden Anwesenden, einen nach dem andern, gleichgiltig an. Er erkennt Niemand. Nun schreitet er sinnend in's Zimmer, geht ein paar Male herum, lacht für sich, preßt sich den Kopf, reibt sich die Stirne — und man merkt es ihm an, daß er sich etwas vergegenwärtigen möchte, dazu aber nicht im Stande ist. Laut.) Soeben habe ich's noch gesehen und in der Hand gehabt — und nun ist es mir verschwunden ... Das ist ein sonderbarer Vorfall, wenn Einem der Kopf so frech gestohlen wird! (Lacht.) Ich krieg' ihn schon wieder.

Staatsanwalt (leise). Herr Justizrath — jetzt hätten Sie die beste Gelegenheit.

Minard. Noch einen Augenblick, Herr Staatsanwalt; er erkennt uns nicht, bemüht sich aber augenscheinlich, etwas in seine Erinnerung zurückzurufen.

Hortense. Der arme gnädige Herr! Er thut mir unendlich leid. Ich fürchte mich.

Isabella (Hortense neben sich auf einen Sessel ziehend). Haben Sie Muth, liebes Kind.

Dr. Fournier (geht auf Harcourt zu, ergreift seinen Puls und schaut ihm scharf in's Gesicht). Nun, Herr Harcourt, Sie erholen sich von Tag zu Tag immer besser — und heute geht es besonders gut.

Harcourt (läßt es ruhig geschehen, schaut Dr. Fournier von unten nach oben an — und macht dann mit der linken Hand eine verneinende Bewegung; listig, ausforschend, heimlich). Von hier bis da unten (zeigt von seiner Brust bis zu den Füßen) habe ich Alles bei mir. Aber (scharf) wo haben Sie meinen Kopf gelassen?!! Mein Kopf ist nicht da — ich finde ihn nicht mehr! Wissen Sie, er ist mir fortgekommen, als ich jenen Faustschlag in's Gesicht bekam.. (Sich heftig losreißend und auf- und abgehend.) Wo ist mein Kopf?!! Wo ist er geblieben?! Alle haben einen Kopf, nur ich habe keinen. (Er preßt sich die Schläfe mit beiden Händen und schaut sich suchend um.) Ohne Kopf

8*

kann ich ja nicht wissen, was ich thun muß. (Herumtobend.)
Geben Sie mir meinen Kopf wieder! (In eine Ecke zeigend.)
Dort, dort ist der böse Geist, dort ist er! Er hat meinen
Kopf in seinen spitzen Krallen — o, wie das brennt und
wehe thut — wie er den armen Kopf zerfleischt und martert!
(Aufschreiend.) Hui! Nun hat er ihn losgelassen und in den
Abgrund hinuntergerollt! (Er wirft sich auf die Knie und schaut
wie in einen Abgrund hinab.) Dort rollt mein Kopf, dort rollt
er — ich erhasche ihn noch — nein, er rollt immer tiefer,
tiefer (kreischend) und nun ist er ganz verschwunden. (Er ist auf-
gesprungen und starrt die Füße des Todtengerippes an.)

Dr. Fournier (ernst, fast befehlend). Warten Sie, ich
hole Ihren Kopf hinauf. (Er beugt sich hinter dem Todtengerippe
nieder). Wenn ich bis Drei zähle, so fühlen Sie nach Ihrem
Kopf — und Sie haben ihn oben! — Achtung: Eins, zwei,
drei! (Tritt auf Harcourt zu; scharf.) Haben Sie ihn jetzt?!

Harcourt (verwundert, fast ehrfurchtsvoll). Ja — jetzt
habe ich ihn. Sie sind ein starker Mann, daß Sie mit dem
bösen Geist so ringen können. (Er faßt Dr. Fournier bei der
Hand und zieht ihn zum Schreibtisch.) Pst, pst! Wissen Sie:
Gestern war der böse Geist bei mir — und was hatte er
in den Händen? Die hundertfünfzigtausend Francs!

Dr. Fournier. Die Ihnen Raimund Marjan gestohlen
hatte . . .

Harcourt (den Kopf schüttelnd). Nein, die ich in seinen
Koffer gelegt.

Hortense und **Isabella** (auffahrend). Was sagte er da?!

Minard und **Staatsanwalt.** Ruhig, ruhig — lauschen
wir!

Dr. Fournier (seine Ueberraschung verbergend, zustimmend).
A—h, das war recht von Ihnen!

Harcourt (in der Freude des Wahnsinns, glücklich). Freilich — ich war furchtbar klug. Kein Mensch hat es gesehen; ganz heimlich hab' ich's gemacht — ich hatte das
Geld bei mir — und als Marjan mich schlug, steckte ich's ihm
in den Koffer. (Auflachend.) Haha! Jetzt ist er gefangen —
vielleicht vor Zorn schon lange, lange gestorben. (Geht mit
raschen Schritten auf und ab.)

Isabella (Hortense umschlingend). Raimund ist unschuldig!
O, der elende Verleumder!

Hortense (die Hände zum Himmel hebend). Guter Gott — ich danke Dir!

Dr. Fournier. Und der böse Geist? Was erzählte der Ihnen?

Harcourt (vertraulich). Ja, der böse Geist, der sagte: er hätte es gesehen und auf meiner Stirne und in meinen Augen steht's geschrieben. „Lächerlich! Niemand war dabei!" schrie ich ihn an. Und wie ich so schrie, fuhr mir der böse Geist nach dem Kopf, riß ihn mir herunter, zerfleischte ihn und rollte ihn in den Abgrund. (Sich schüttelnd.) Aber nun habe ich meinen Kopf wieder und gebe ihn nicht mehr heraus.

Dr. Fournier (ergreift Harcourt's Puls). Sie werden müde sein. Setzen Sie sich dort. (Er führt Harcourt nach rechts, nöthigt ihn, auf dem einen Sessel am Schreibtische Platz zu nehmen und schließt die Thür im Hintergrunde.)

Harcourt (apathisch). Müde? Ja, müde bin ich schon. Wenn man so lange laufen muß. — (Er beugt den Oberkörper nach vorne, murmelt weiter und gesticulirt mit den Händen zwischen seinen Knieen.)

Staatsanwalt (in die Mitte der Scene tretend, erregt). Im Namen der Republik gebe ich den Cassier Raimund Marsan frei! (Zur Thür eilend, dieselbe aufreißend.) Herr Secretär, (der Secretär erscheint) eilen Sie rasch — unten steht meine Equipage, fahren Sie im Galopp zum Gefängnißdirector, sagen Sie ihm: Befehl des Ersten Staatsanwaltes: Den Herrn Marsan sofort der Untersuchungshaft zu entlassen! — Bringen Sie Marsan hierher. (Der Secretär mit einer Verbeugung ab.) Der Himmel hat uns geholfen. (Zu den ihm entgegeneilenden Damen, zu Minard und Dr. Fournier.) Wir können dies Geständniß als eine Wahrheit aufnehmen; denn wenn ein Wahnsinniger eine derartige große Freude über eine frühere gelungene Rache zeigt, so hat man es mit unumstößlichen Thatsachen zu thun.

Isabella. Ich danke Ihnen von ganzem Herzen, Herr Staatsanwalt — und auch Ihnen, Herr Doctor, meinen innigsten und heißesten Dank!

Hortense. Herr Staatsanwalt — Verzeihung — — erlassen Sie mir Worte. Mir schwindelt es vor Freude und Glück. — Herr Doctor, ich küsse Ihre liebevollen Hände.

Staatsanwalt (zu Isabella). Betrachten Sie Ihren Herrn Gemahl — es tobt noch etwas in seinem Innern, das er augenblicklich nicht in Worte kleiden kann.

Dr. Fournier. Treten wir ein wenig seitwärts — ich glaube, er kämpft von Neuem mit einem Tobsuchtsanfall. (Alle gehen nach links.)

Isabella. Wenn die Herren gestatten, ziehe ich mich mit Fräulein Hortense in's Nebenzimmer zurück. Ich möchte ihr jetzt jene Aufklärung geben, die sie nun endlich erfahren muß.

Dr. Fournier. Gewiß, gnädige Frau. Die Damen werden da drinnen ganz ungestört sein. (Begleitet Beide bis zur Thür links.)

Harcourt (der theilnahmslos neben Dr. Fournier's Schreibtisch weilt, beginnt unruhig zu werden, zu gesticuliren, preßt sich den Kopf, lacht und murmelt vor sich hin, zeigt wieder eine ängstliche, abwehrende Miene und stürzt dann in die Scene). Nicht um die Welt gebe ich meinen Kopf nochmals her!! (Er starrt zum Sopha hinüber, als sähe er seinen Feind.) Und Du bist schuld daran, daß ihn mir der böse Geist genommen! (Er stürzt wuthentbrannt auf das Sopha zu, wirft den ihm im Wege stehenden Tisch und die zwei Sessel in die Scene und packt den Dr. Fournier beim Halse.) Ha, ich habe Dich besiegt, Du Bube, und nun erwürge ich Dich!

Staatsanwalt und **Minard** (springen hinzu, überwältigen Harcourt und werfen ihn auf das Sopha).

Minard. Die Wärter her!

Dr. Fournier. Nicht doch! Solche Angriffe bin ich seitens meiner Patienten gewöhnt und kann mir im äußersten Nothfalle (er tritt zum Schreibtisch und nimmt unter einem Actenstück einen Revolver hervor) mit dieser Waffe schon Respect verschaffen. (Er legt den Revolver unter das Actenstück.) Sehen Sie, seine Züge nehmen wieder den alten apathischen Ausdruck an. Richten wir ihn in die Höhe! (Geschieht.)

Staatsanwalt. Herr Justizrath — eilen Sie jetzt mit Ihrer Mittheilung. Vielleicht ist er im Stande, Sie zu verstehen.

Minard (mit den zwei Herren Tisch und Sessel aufstellend, dann zu Harcourt tretend, laut, langsam). Herr Banquier Harcourt — vor dreißig Jahren haben Sie vor mir dies Document ausgestellt, (zeigt ein Document) in welchem Sie sich verpflichteten, das Kind der Professorstochter Editha

Cochefort zu adoptiren, wenn es bis dato leben bleiben sollte. Ich war deswegen schon vor acht Tagen bei Ihnen.

Harcourt (der langsam Interesse zeigt, seinen Kopf pressend und schüttelnd). Editha Cochefort —? Sohn adoptiren —? (Scharf.) Wer sind Sie, mein Herr, daß Sie solche Geheimnisse verrathen?!

Minard. Ich bin der Justizrath Minard, Ihr langjähriger Rechtsbeistand.

Harcourt (sinnend). Minard? Minard? — Ja, wenn ich meinen Kopf nur hätte, wüßte ich schon, wer Sie sind! Der böse Geist hat meinen Kopf geholt; alle Stunde holt er ihn ... Jetzt wird er gleich wieder kommen. (Er schaut sich um — dann zu Boden.) Doch was wollen Sie von mir? Lebt mein Sohn —? O — Sie wissen es nicht, daß seine Mutter in's Wasser sprang! (Er geht an Minard und den beiden Herren vorbei zur Mitte der Scene; nach hinten zeigend, schaudernd.) Dort fließt die Seine ... Sehen Sie den breiten, tiefen Strom?! Da ist Editha noch im Wochenbettfieber hineingesprungen (dumpf, tonlos) und ertrunken ... Und ich tanzte zur selben Stunde auf einem Ball — und ich hörte ihren Todesschrei nicht ... ich tanzte mit schönen Frauen, in der Brust neues, glühendes Verlangen ... — Hören Sie den Todesschrei aus der Fluth —? Hui! Niemand hört es — es ist finstere Nacht — (er starrt nieder) und die Wellen rufen: Mörder ... Mörder ... — — Und Editha's Kind lebt? (Scharf.) Lebt das Kind?! (Er geht brütend auf und ab.) Ich weiß es nicht .....

Minard (feierlich). Möge der barmherzige Gott Ihrem umnachteten Verstande die lichten Augenblicke so lange belassen, bis Sie auch die zweite große Schuld Ihres Lebens anerkannt und empfinden, wie schwer Sie gefehlt und wie herzlos Sie in Ihrem Glanz und Reichthum gehandelt haben. Banquier Victor Harcourt, das Kind, das Editha Cochefort vor dreißig Jahren in London geboren, der Knabe, Ihr Sohn — lebt!

Harcourt (zusammenzuckend). Er — lebt?! (Wie von einem wuchtigen Schlage getroffen, zum Schreibtisch wankend und sich niederlassend.)

Isabella und **Hortense** (erscheinen unter der Thür. Hortense — in höchster Aufregung — stützt sich auf Isabella; sie will auf Harcourt zueilen und wird von Isabella zurückgehalten und zu beschwichtigen versucht.)

Minard. Ja — lebt! Sie wußten es bis heute nicht, daß Ihr Kind Ihnen so nahe war. Sie haben ahnungslos ein Verbrechen an ihm begangen, seine Ehre in den Staub getreten — und nun strafte Sie Gott mit seiner mächtigen Hand.

Hortense (welche von Isabella ihre Abkunft erfahren, die letzten Worte des Justizraths auf sich bezogen, reißt sich von Isabella los und stürzt, laut aufschluchzend, vor Harcourt nieder, seine Kniee umklammernd). .... Vater — mein Vater! Du bist mein Vater .. mein armer, unglücklicher Vater ... — — Vater, lieber Vater, ich — ich verzeihe Dir, was Du mir gethan — (seine Hände küssend und an ihr Herz drückend) werde doch nur wieder gesund — wieder gesund! (Sie verbirgt schluchzend ihr Gesicht in Harcourt's Schooß.)

Harcourt (in seinen starren Zügen geht eine blitzartig wech=selnde Veränderung vor: zuerst schaut er erschrocken und ernst auf die knieende Hortense und macht Miene, sie von sich zu stoßen ... dann greift er mit der Linken an seine Stirne — und streichelt mit der Rechten scheu und langsam über Hortense's Haare. Hortense erhebt ihr blasses Antlitz zu ihm .. [Pause.] Nun beginnt es in seinen Zügen zu zucken — er greift sich mit beiden Händen zum schmerzenden Kopf und geht mit dem Oberkörper zur Stuhllehne zurück, etwas nach rechts gewendet, zu der Knieenden hinunter=schauend ...... Dann erkennt er, die ihn durch Thränen anblickende Hortense ...... Langsam breitet er die Arme aus — umschlingt mit einem wilden Aufstöhnen das Mädchen, reißt es an seine Brust empor und ruft in überquellender Empfindung, aufjubelnd=schmerz=durchbebt:) Hortense — meine Tochter, meine arme, arme Tochter ... (Pause.)

Fünfter Auftritt.
Die Vorigen. Raimund.

Raimund (rasch eintretend). Ich bin frei! Ich bin frei! — Hortense! Gnädige Frau: Ich bin frei!!

Isabella (mit einem Jubelschrei sich an Raimund's Brust werfend). Raimund — Geliebter — — Hortense ist Deine Schwester ....

Harcourt (Raimund erblickend, wild aufspringend und ver=suchend, Hortense abzuschütteln). Ha! Das ist der Mensch, der mich in's Gesicht geschlagen und der mir mein Weib stahl!

(Bei diesem Ausruf hatte seine linke Faust das auf dem Schreibtisch liegende Actenstück verschoben und den darunter liegenden Revolver frei gemacht. Mit einem Ausruf der wahnsinnigsten Freude wehrt er mit dem linken Arm die ihn umklammernde Hortense ab, ergreift mit der Rechten den Revolver, legt auf Raimund an und gibt zweimal Feuer.) Fahre zur Hölle, Du Canaille!

Minard (zu spät seinen Arm seitwärts schlagend und ihm die Waffe entwindend). Verblendeter —

Hortense. Vater, halt ein —

Staatsanwalt (aufspringend). Halt! Halt!

Dr. Fournier. Halt! Wie kam er zu meinem Revolver?! ⎫ (Zu gleicher Zeit.)

Minard (Harcourt auf den Sessel zurückstoßend). Unglück- seliger: Raimund Marsan ist Ihr Sohn! — — — —

Raimund (sinkt getroffen auf Isabella und taumelt mit ihr auf das Sopha). Ich bin getroffen — Gott — — — —

Isabella (aufjammernd, Raimund umschlingend). Du — bist — sein — Sohn — —

Hortense (eilt auf Raimund zu, kniet stumm zu seinem Haupte nieder und legt ihren Kopf an seine Wange). Raimund..

Dr. Fournier. Einen Augenblick, meine Damen! (Er reißt Raimund Rock und Weste auf und untersucht die Wunde.) Haben Sie Hoffnung — die Kugel ist in die Schulter ge- gangen — Gefahr augenblicklich nicht vorhanden — —

Harcourt (sich den Händen Minard's und des Staatsanwalts entwindend, zu der Gruppe schleichend und sie anstarrend.) Der — da — der da...

Hortense (sich erhebend). Vater — was hast Du gethan?!

Harcourt (Hortense an der Hand fortziehend, heimlich). Komm' zu mir, Du bist meine Tochter — — und der da, der da liegt, (er greift sich athemberaubt zum Herzen) der mich in's Gesicht schlug, ist mein Sohn?!! (Zwei hinzueilende Wärter fangen den Taumelnden auf und ziehen ihn, auf einen Wink Dr. Fournier's, der Thür rechts zu.) Ha — der böse Geist bringt mir freiwillig meinen Kopf wieder... (Mit dem Tode ringend, sich das Hemd aufreißend.) ... ich sehe Licht — den offenen Himmel — — die strafende Hand Gottes ereilt mich: ich sterbe... (Er zuckt unter dem Stützen der Wärter mit dem Oberkörper zurück.) — — Hortense — Raimund — meine Kinder: Eure unglücklichen Mütter — sind — gerächt! (Die Wärter haben ihn zur Thür hinausgezogen.)

Hortense (rasch einen Kuß auf Raimund's Stirne drückend, zu Harcourt eilend und mit ihm ab). Vater, geliebter Vater, — stirb mir nicht ... verlaß' mich nicht ... (Ab.)

Dr. Fournier (Harcourt hinaus nacheilend; dann zurück zu Isabella, die in ihrem Schmerz über Raimund's Körper liegt und von dem Vorgange nichts hörte). Fassen Sie sich, gnädige Frau, Ihr Herr Gemahl ist von einem tödtlichen Gehirnschlag ge= troffen. — Kommen Sie, meine Herren, wir sind hier auf fünf Minuten entbehrlich. (Er beschaut noch einmal Raimund's Wunde — und geht dann mit Minard und dem Staatsanwalt, die sich bedauernde und bedeutsame Blicke zuwerfen, ab. — Kurze Pause.)

Isabella (langsam ihr Haupt von Raimund's Stirne hebend, ihm und sich das Haar zurückstreichend, sich umblickend und ihren Arm unter des Schwerverwundeten Haupt schiebend, langsam, feierlich). ... Du lebst noch ... Hörst Du mich, Ge= liebter? . . (Aengstlich, bebend, flehend.) O Raimund, Du darfst nicht sterben... Du mußt leben... Du mußt mir nur einmal sagen, daß Du mich geliebt hast — ach, nur ein einziges Mal! (Raimund regt sich.) O, öffne Deine Lippen — entreiße Dich den kalten Armen des Todes — sage mir nur das eine Wort, dies eine, arme Wort, nach dem meine Seele lechzt ... (Seine Hände an Brust und Lippen drückend.) Deine Augen schließen sich?... Dein Athem stockt?... Deine Lippen beben — —? Raimund — ich sterbe mit Dir — nur sage mir, ob Du mich geliebt?

Raimund (mit Anstrengung den Kopf hebend, ihn wieder auf die Sophalehne sinken lassend, leise, todesmatt). Isabella ... Isabella — — —

Isabella (freudig, schmerzlich, erzitternd). Er spricht —

Raimund (in letzter Kraft, stoßweise). .... Du sagtest, Hortense ist — meine Schwester... Nun — ist's gut .. — — Ja, hier vor der Pforte des Todes darf — ich's — Dir — gestehen, ohne mein Manneswort gebrochen zu haben, daß ich Dich, Du Madonna der Erdenliebe, vom ersten Anblick namenlos geliebt — und Dich bis zum letzten Seufzer lieben werde. (Er umschlingt, zurücksinkend, ihren Hals.)

Isabella (wild aufjauchzend). Du — liebst — mich Endlich — endlich! — — Wie schwer habe ich Dir dies Geständniß abringen müssen!... Mein Raimund, Du wirst nicht sterben... Komm', bette Dein Haupt an mein Herz,

das so viel um diese wilde Liebe gelitten... Und wenn
dann der Frühling wiederkehrt, (sein Antlitz streichelnd und
küssend) der Flieder und die Rosen blühen, der Nachtigallen
Sang in den Lindenbäumen ertönt, dann — dann gehören
wir uns für ewig. (Sie neigt ihr Haupt auf Raimund's Brust.)

Dr. Fournier (mit zwei barmherzigen Schwestern eintretend, seitwärts deutend, von wo der leise Klang eines Sterbe-
glöckleins hineintönt, schonungsvoll). Gnädige Frau, das
dort verklingende Todtenglöcklein der Irrenanstalt sagt uns,
daß Ihr unglücklicher Herr Gemahl vor einem höheren
Richter steht...

Isabella (sich erhebend, jedoch neben Raimund stehen
bleibend). Mein Herz empfindet nichts für jenen Todten —
Doch der liebe Gott sei seiner Seele gnädig. (Sie neigt sich
wieder über Raimund.)

Dr. Fournier. Amen. — Doch nun bitte ich Sie:
überlassen Sie den schwerverwundeten Herrn Marsan mir
und diesen Schwestern. — Fräulein Hortense wird Ihrer
bedürfen. Sobald ich die Kugel gefunden, werde ich Sie rufen.

Isabella. Ich gehe. (Auf Raimund deutend.) Er ist er-
mattet — er scheint zu schlummern .. O Herr Doctor, retten
Sie ihn; denn Sie retten mit seinem Leben auch meine
Seele! (Von Dr. Fournier bis zur Thür geleitet, ab.)

Dr. Fournier (indem er Sonde, Instrumente und Verband-
zeug entfaltet, zu den barmherzigen Schwestern). Oeffnen wir ihm
die Kleider, obgleich ich's schon im voraus wußte, daß jede
menschliche Hilfe hier vergebens ist. (Er untersucht Raimund.)
— — — — Ja, er schläft... — In weichen, bebenden
Frauenarmen ist er eingeschlafen, um nicht wieder zu er-
wachen. — — — (Die barmherzigen Schwestern sinken zur Seite
Raimund's betend auf die Kniee.) — — — Sein Tod muß
schön gewesen sein, denn ein schmerzlich-glückliches Lächeln
von nahender Erdenseligkeit blüht noch in seinen blassen
Zügen — und eine perlende Thräne leuchtet in seinen
Wimpern... Was hat Dein Ohr vernommen, Du stiller
Schläfer, noch vor dem letzten Zucken Deines Herzens —?
Welche Worte sprach Dein Mund, ehe der kalte Tod ihn küßte?
Hast Du der Liebe in's Antlitz geblickt — und Gegenliebe
wiedergegeben —? Dann bist Du glücklich .. Nimm Dein
süßes Geheimniß mit zu jenen lichten Höhen, wo es keine

Trennung giebt. (Sich dem Eindruck entreißend, zu den barm=
herzigen Schwestern.) Bitte, wir wollen gehen. — Es fällt mir
sehr schwer, der Ueberbringer dieser zweiten Trauerkunde
zu sein. (Alle ab.)

Isabella (mit Hortense, umschlungen, eintretend). Beruhigen
Sie sich, mein theures Fräulein: es ist eine gütige Schicksals=
fügung, daß Ihr Herr Vater jetzt gestorben und dadurch
sein schweres Leiden verkürzt wurde. — Wir haben dem
Todten verziehen und unsere Sorge gilt jetzt nur noch dem
lebenden Bruder und Freunde. — Kommen Sie, dort liegt
Raimund... der Doctor war soeben bei ihm — er wird
ihn gesund machen... Nahen wir uns leise, damit wir
seinen wohlthätigen Schlummer nicht stören. — Sehen Sie,
wie ruhig er schläft?

Hortense. O, gnädige Frau, es ist mir unmöglich,
ruhig zu sein und ihn so schlafen zu lassen. Mein Herz
dürstet nach einem lieben Wort von ihm — ich will, ich
muß ihn aufwecken. (Auf Raimund zueilend.) Raimund —
Bruder Raimund — lieber, lieber Bruder, hörst Du mich?
Erwache, erwache! Ich bin es, Deine Schwester — Deine
Schwester Hortense. . — (Angstvoll, entsetzt, zurückprallend.)
Seine Hände sind kalt — kalt — — o großer Gott, er —
er — er ist todt! (Zurücktaumelnd bis zum Sessel am Schreib=
tische, ihr Haupt in die Hände begrabend, stöhnend.) Er ist todt..
(Sie verharrt in dieser Hingesunkenheit bis zum Schlusse.)

Dr. Fournier (mit den zwei barmherzigen Schwestern von
rechts eintretend und stehen bleibend). Madame, fügen Sie sich
in das Unabänderliche —

Isabella (wie erstarrt, ungläubig, zitternd). Todt?! Nein;
soeben hielt ich ihn ja noch in meinen Armen! — Todt —?
Raimund todt —? (Sie stürzt auf Raimund zu.) Geliebter...
Du bist so stille .. Du regst Dich nicht .. Schläfst Du
wirklich für ewig?! (Im verzweifelten Aufschrei sich über den
Liebsten werfend.) Bin ich blind, daß ich den Glanz Deiner
Augen nicht mehr sehe? Blendet mich Deine marmorweiße
Stirne? Haben diese starren Hände noch vor Minuten mich
in Liebe umklammert? Haben diese blassen Lippen mich
geküßt? — — Können meine heißen Thränen Dich zum
Leben nicht mehr erwecken? Bist Du mir für ewig ver=
loren? Für ewig? (Sich an die Stirne fahrend.) Aber nein,

mein todtes Lieb, ich lasse Dich aus dieser Welt nicht ein=
sam gehen, denn einsam zu wandeln ist gar so traurig .
(Aufschluchzend.) Nimm mich zu Dir, Raimund, nimm Deine
arme Isabella zu Dir... (Die gerungenen Hände zum Himmel
streckend; halb anklagend, fragend.) Barmherziger Gott dort
Oben, der Du die heilige Liebe in die Menschenbrust gelegt,
jene brennende Liebe, die dem Geliebten im Tode folgt,
warum nahmst Du mir mein letztes Lebensglück?! O Du
Allerbarmer: ein armes verkauftes Frauenherz bittet zu Dir
um Gerechtigkeit!! (Sie zieht rasch eine Phiole hervor, schüttet
das darin befindliche Gift in ein Wasserglas und führt dieses zum
Munde.)

Dr. Fournier (ihr das Glas entreißend, entsetzt). Unglück=
selige — was thun Sie?!

Raimund (sich regend).

Dr. Fournier (erschreckt zueilend). Marjan regt sich —
es war nur eine Katalepsie, ein Starrkrampf — — er lebt!

Isabella (mit einem jähen, schmerzdurchbebten Freudenschrei
sich über den Geliebten werfend). Er — lebt — — —

(Hortense zuckt auf, eilt verwirrt hinzu und umschlingt Raimund
ebenfalls. Dr. Fournier stützt des Verwundeten Haupt. Der Staats=
anwalt, Minard und die barmherzigen Schwestern umringen hilf=
reich die Gruppe.)

Vorhang fällt.